岬

——迷風の吹く時

渡邉 尚人
Naohito Watanabe

日本文学館

群青色の空の上を、水平線から飛び出した大きな鯨雲が泳いでゆく。潮を吹き、波をかき分け、白い飛沫を散らしながら悠々と泳いでゆく。海を離れて一体どこに行こうとしているのだろう？　と思う間もなく、鯨雲はぐんぐん上昇し始め、上へ上へと泳ぎながら限りなく高い天空にまで上りつめ、突然、何かに触れて破裂するかのように四方八方に砕け散り、拡散し、やがて空の航跡となって消えていった。

「雲散霧消？」

木製のベンチに横たわり、腕枕をして鯨雲を眺めていた千尋はポロっと呟いた。

拡散した雲は既に消え、空いっぱいに群青が広がった。水平線がおぼろとなり、海さえもが空からなみなみとつがれた群青の液体をたたえ、時折立つさざれ波に薄められながら、のたりのたりと太古からの胎動を続けていた。

今日は快晴だ。春の日差しに温められた柔らかな春風が花椿の香りを運んでくる。ベンチの上に覆いかぶさるように茂った椿の枝先で黄色い花が春風にちらちらと揺れていた。

「黄色？」

初めてみる色の椿だ。

「こんなとこにも咲いてるんだ」

ここは、南の風が吹く温暖な気候の地なのだからだろう。赤や白の椿の花に混じって黄色い大きな椿の花が春風にそのエキゾティックな花弁を揺らしていた。

「この色、そうだ」

千尋は、灰色のジャンパーのポケットからある物を取り出した。小さなライターの様な小箱だ。その小箱は、白い雲母でできていて、装飾の施された銀の枠を持ち、銀色の鎖が両側から伸びて首にかけられるようになっている。そして、小箱の上部と下部とには、大きさの違う菱形の穴があいていて、小箱の下部には、二つの輪っかがついている。一見何のためなのか分からない。

千尋は、ポケットの奥を探り、紫色のフェルト製の袋を取り出した。袋の中には二本の試験管のようなものが入っている。そのうちの一本を取り出す。その試験管の中では、赤や黄色の星屑が、星の砂のようにゆっくりと流れている。比重が重い液体に浮かぶ星屑なのだ。

その試験管を小箱の二つの輪っかの中に通し、小箱を青い空にかざして見る。それから目元に近付けて、菱形の穴の中を片目で覗き込みながら、試験管を輪っかの間で押したり引いたりした。

「わお、すごい、千重の乙女椿だ」

青い空を背景に、赤や黄色の星屑が九角形の二つの星の間に現れては消え、九枚の花弁が開きしぼみとどまることなくその大きさを変える。

「流星光、日月星、頬紅、玉霞、五色の散椿に古金襴……」

いろいろな椿に形を変える星屑達。博物図鑑で見たことのある椿達だ。

それから、彼は、もう一本の試験管をフェルトの袋から取り出し、菱形の穴から目を離すことなく前の試験管と取り替えた。

今度は、明るい瑠璃色の世界が出現した。九角形のステンドグラスの中で、ルビーやサファイヤ、アクアマリンにペリドット、瑠璃や鉄礬柘榴石《てつばんざくろいし》が奇蹟のように輝く。

「$Fe_3Al_2(SiO_4)_3$か。キラキラ光ってる。輝石だ」

千尋はダイアモンドの大冠や巨大カラットの宝石や貴石が次から次に湧き出てくる世界に恍惚となりながら、そのほど良い心地よさと春の陽気に包まれて一瞬眠りに落ちた。

しばらくして、ザザーザザーっという潮騒が聞こえてきた。海の音だ。岩に当たり砕け散る波の音も聞こえる。その音に誘われるように千尋は花咲く椿の並木道を歩いていた。緩やかな坂道だ。黄色い椿が至るところに咲き乱れている。そして、道端には木製のベンチがあり、人が寝ている。とても気持ちよさそうに寝ているのだ。顔はよく分からない。灰色のジャンパーの下は、黒っぽいスーツ姿だ。そして、彼はその姿を横目に見ながら更に歩いてゆく。潮騒のするほうに歩いてゆく。遠くに岬が見えてきた。岬の先端には白い高い灯台が見える。海側の道を歩く。海側には、コンクリートでできた緩やかにカーブする白い手すりがある。千尋は、手すりの向こうをこわごわとのぞきこんだ。

「わっ」

手すりの下には何もない。絶壁の上にせり出しているのだ。そのまま絶壁が九五度の角度で九〇メートルほど直滑降したそのはるか下のほうには、黒いごつごつした岩の上に白波が悲鳴の様な甲高い音を立てて自らを打ちつけ、ちりぢりに砕け散っていた。

足がすくみ、体が一瞬固まった。顔面に冷たい風があたる。春風なのに痛いほど冷たい。

「いやだあーっ！」

思わず叫んだ。

「こんなの、いやだあーっ！」

再び叫んだところで千尋は、はっと目を覚ました。目がしらを押さえながら頭を左右にふる。

首が冷や汗でじっとりと濡れている。頭はまだ朦朧としていて、心臓の鼓動は激しい。

「夢か」

頬にはりついた冷たい涎をぬぐうとゆっくりと上体を起こした。お腹の上に転がっていた試験管をとりフェルトの袋にいれ、万華鏡を首から外し、ポケットにしまいこんだ。辺りは、相変わらず花椿から立ちのぼるほのかな香りと春の陽気に包まれていた。

千尋は朦朧とする頭を両膝の間に落とし、一瞬目を閉じ、そして開いた。黒い革靴は泥だらけで、かかとは摩耗し、靴底がはずれそうになっている。ここまでの道は結構石だらけで、革靴では歩きにくかったのだ。やはり靴はかなり傷んでいた。

「汚れている、こんなに」

靴の汚れを落とそうとして、靴に右手を伸ばした。その時、千尋の目の前に、綺麗に磨かれた黒い革靴が現れた。

「誰？」

千尋は、顔を上げた。

そこには、彼と同じような黒っぽいスーツにやはり灰色のジャンパーを着てリュックサックをしょった若者が立っていた。その顔は千尋よりも優しいように思えた。千尋より若いのかもしれない。

「君も場所探し？」

その若者が言った。

「場所探しって？」

「決まってるじゃない、最後の場所さ」

千尋には大体見当がついた。

「まあね」

「やっぱり。ねえ、知ってる？　このベンチの意味」

そう言って彼は、千尋の横に静かに座った。

「知らないけど。でも、まあ見晴らしのいい場所にあるよね」

「ふふふ、それはそうだけどね」

「海からのいい春の風が吹いてて、花椿が咲いていて……」

「結構のんきなんだ、君って。ポジティヴ思考？」

「どうだか」

「ここは、名所なんだよ」

「名所？」

「そう、毎日多くの人が訪れる名所。みんな、この人生に何らかの絶望感や閉塞感を抱いてやってきて、そうして、このベンチに座るのさ。このベンチにはね、君が言ったように春の風が吹いてきてこの咲き誇る椿の花を揺らすんだ。でもね、この春の風はね……」

彼はそこで言うのを止めた。その時、ひゅんって音を立てて風が吹いた。椿の香りが匂いたった。

「春の風は？」

千尋は、催促するように尋ねた。

一瞬緊張して顔をこわばらせた彼は、また元のように静かに話を続けた。

「春の風は、生死の間に吹く風なんだ。多くの人がこのベンチで今までの人生を振り返り、これから先のことを思い、絶望か希望か、その間で人生最後の決断をしてこのベンチを後にするのさ。そして、最後の風が吹くと、椿の花も一つポトンって一緒に落ちてゆくんだよ」

「花椿も？」

「そう。君も決断しようとしてるの？」

彼は、千尋の顔を覗き込んでそう言った。爽やかな柑橘系のコロンの香りがした。

彼の顔は、どこか中性的で甘く優しく、妙ななつかしささえ感じてしまう。

「ああ、そういえば」

千尋は、ポケットに手をつっこみ何かを探した。万華鏡の冷んやりした感触と紫の柔らかなフェルトの感触が指先に広がる。

「ええと、どこに入れたかなあ」

今度は胸ポケットを探した。

「あったあった。これ」

ジャンパーの下の背広の胸ポケットの中から四つ折りにした紙を取り出して彼に渡した。

彼は、その紙を見開いて微笑んだ。

「へえ、ちゃんとここまで準備してるんだ」

それは、Ａ４版のコピー用紙で、一から五までの項目がワープロで書かれていた。

「読んであげようか」

「えっ？　ああ、まあいいけど」

躊躇する千尋を横目に、彼は静かに語るように読み始めた。
一　職場の理不尽な扱いに耐えきれず、退職します。退職届は、三日前に郵送しました。

そして旅立ちます。
二　亡骸は、決して荼毘に付さず、土葬にしてください。
その場所は、既に僕が購入した南の小村の北極星の見える裏山の糸杉の下です。そこに咲く彼岸花を三年間くらいは僕だと思って忘れないでください。
三　臓器移植のための臓器提供は行いません。
四　給与、退職金、手当等で支給されるものは全て母に送ってください。
五　万華鏡とフラット・マンドリンは、虹川ひとみさんに贈ります。

「これ遺言状?」

「……っていうか、その後の僕のロジブック。僕の予定と指示をあれこれ書いたもの」

「ロジブックね」

「でも、万華鏡は持ってたほうがいいんじゃない」

「なんで?」

「だって、さっき見てたでしょう、万華鏡。夢見るみたいに」

「あっ、見てたの?」

「うん、いい顔だった。だから彼女に贈るよりも自分の手元に置いていたほうがいいと思うよ。たとえ、重力のインパクトで破壊されたとしても」

彼はあくまでクールに言った。そして、胸ポケットから黒いサインペンを取り出すと困惑気味の千尋の前で万華鏡の文字を消した。

「ところでさ、君って血液型A型だね。結構神経質で何でもかんでも決めておかないと落ち着かないタイプでしょ」

「当たり」

「だから、自分がいなくなった後の始末のことまで、こと細かく決めてしまっているんだ。でもさ、そこまでの能力、事務能力かな、それがあればこんなとこに来ることなんてないのに。職場の扱いってそんなにひどかったの？」

「うん、ひどかった。いやひどいってもんじゃなかった。何であんなになるのか分からなかった。一度上司の次長と仕事のやり方でぶつかって意見しただけなのに。それ以来、職場のそれまで親切だった同僚達がみんないっぺんに冷たくなっていったんだ。僕が朝一番に挨拶しても、お茶を入れても、皆の机を拭いても、花を生けても。それから外回りから疲れて帰った時も……」

「どうしたの？　みんな」

「皆何も誉めてくれないんだ。罵声と罵倒と、毒のこもった皮肉、それに人格まで貶めるような誹謗中傷ばかり。分かんないよ」

千尋の頬に悔し涙が一筋流れた。

「みんな新入社員の若さに嫉妬してるんだよ。君の天真爛漫でナイーブな優しさにね」

「僕が生けた綺麗な花が柔らかく香るのはそよ風のせいなのに、綺麗に拭いた机の上に射すまぶしい光は天からの輝きのせいなのに、歌を口ずさむのは、斉唱する小鳥達のせいなのに。皆、この僕達を生かしている自然の素晴らしさを忘れて、自然を忘れない僕だけを非難するんだ。僕の魂はもう窒息しそうだった。上司から、同僚から庶務の女の子から秘書まで皆が皆、問題を全て僕のせいにしてしまうんだ。本当につらい日々だった。だから、とうとう飛び出してきちゃったんだ、あんな会社。いっそ僕なんて、この世からいなくなったほうがいいかなって、そのほうが楽なのかなって思って」

千尋は顔を両手でふさいだ。

「それでここまでやってきた」

「そう。行くあてもなくてふらふら放浪してたら、あったかい陽気と花咲く椿の並木道に惹かれていつの間にかここに来てた」

「ここで終わりにするつもりなの？　君の人生」

「……」

千尋は言葉に詰まった。

「でも、君がいなくなっても、上司は相変わらずでかい顔して居残るんだろうね」

「ううん、多分そうだろうね、あの上司だったら、きっと僕がいなくなったことなんてこれっぽっちも気にしないんだ。職場の皆も……。いいや、それはないと思うんだ。だって、さすがに職場の理不尽な扱いに耐えきれずにって紙に書いてあるから、だから少しは責任感じると思うんだ。その時の顔見てみたいなあ」

千尋は、そう言うと、ベンチから立ち上がり、大きく背伸びをした。そして言った。

「さあ、実行するかな」

そう小声で決意めいて言った途端にグーってお腹が鳴った。その音を聞くと、急に力が抜けて再びベンチに座り込んだ。

「お腹すいてるんだ、君」

「昨日から食べてない」

千尋は、両膝の間に再び頭を下げて靴を覗き込むような姿勢を取った。

汚れて摩耗し、すり減った黒い革靴を見ると情けない気持ちと理不尽な気持ちがこみ上げてくる。

「なんでこんなことしなきゃなんないんだろう」

そうつぶやいた時に、香ばしいおにぎりの匂いがした。

「はい、これ、コンビニのだけど」

そう言って彼が、おにぎりを一個手渡してくれた。

「いいの？」

「うん」

千尋は、そのままおにぎりをほおばった。冷たいけれどものすごく美味しい。白いご飯は、パリパリの海苔に巻かれ、中には甘い鮭が入っている。

「おいしい、すごく」

全部口の中に入れて、手についたご飯粒まで舌で舐め取った。

「麦茶もあるよ」

「ありがと」

千尋は麦茶の缶を受け取るともどかしげに蓋をパチンって引きはがして、そのままぐびぐびって飲んだ。

「ほんと、おいしい」

生き返ったような気分だ。

「元気出た」

「うん」

「じゃあ、頑張って。応援してるから」

「応援？　もしかして君は僕のすることを見てるってこと？」

「そう。見物、じゃなくて証人になってあげるよ」

「見物ってね。そんなの見るもんじゃないんじゃないかな。証人だっていらないよ」

千尋は、ちょっとむっとして言った。

「おにぎり貰ったのは有難かったけど。でも君はちょっとだけ考え違いしてると思うな、僕のこと。僕はこうして、ここまで絶望してやって来たけど、この世からいなくなったほうがいいって思って来たけど、必ずしも飛び降りたいわけじゃないんだから。本当は、飛び降りたものとして、区切りをつけたかっただけなんだから」

「でも、遺書があるよ」

「だからあれは遺書というよりもロジブック。こういう風になるだろう、いやなってほしいなあっていう希望も入っているんだ。そして、それを確かめたいって気持ちもある」

「自作自演の狂言?」

「率直に言うとそうとも言えるかも」

「そっか、そういう人もいるんだ、ここまで来る人でも」

「いろんな人がいるんじゃないかな、ここまで来る人の中には」

「それじゃあね。君に言っておくよ。君がそんな目にあっているのはね、職場の上司や仲間の皆が陰謀をたくらんでいるわけでも、君の過去が不幸なわけでもなく、コミュニケーション能力や事務能力が君に不足しているわけでもないんだよ。君が、初めからナイーブ過ぎるハートで君自身を被害者と決めつけちゃって、その世界から動かなかったからなんだ」

「僕が?」

「そうさ。もし君がナイーブ過ぎる君自身の短所に向かい合って、君の潜在力を活用すれば、別の成功に満ちた世界が魔法のように開けるんだ。それに、この崖の向こうの世界に行ったって、君は花や星や詩人や王様や、ましてや大富豪やノーベル賞受賞者、殿堂入りする花形スポーツ選手になれるわけでもないんだから。何もない世界だから、君のこの世の最後の姿のまま彷徨うことになる世界だし、それに今の姿のまま現世の人々に記憶されてゆくんだからね。向こうの世界に入って一秒後に豹変したって誰も信じないし、見ることも感じることもできない、既に遅いってことさ。なりたいものになるんだったらこの世でなるしかないんだ」

「へええ」

千尋は感心していた。何てポジティヴ思考なんだろうと。

「でも、もう大丈夫だよ。僕が身代わりになってあげるから」

「身代わりにって?」

「代わりに飛び降りてあげる。そのほうが真実味があるでしょう」

「ええ?　何でそんなこと。さっきまでのポジティヴ思考はどうなっちゃうの?」

「それは、君のための言葉さ、僕は僕。誰も僕のことは知らないし、理解できないから。それに僕は刺してきたんだから」

「刺してきたって何を?　もしかして人を?」

「五人もね、だから、最後の審判を受ける必要もあるんだ」

クールに言いきる所が何とも不気味な若者だ。本当なのだろうかと千尋は訝った。

「さあ、君、靴とジャンパーとジャケットを脱いで」

「ええ？　ああ」

千尋は言われるままに靴を脱ぎ、ジャンパーとジャケットを彼に渡した。

「さあ、この靴を履いて、ジャンパーとジャケットを着て」

彼は背中のリュックを降ろし、灰色のジャンパーと黒っぽい背広、それにピカピカの革靴を千尋に手渡した。

「それから、君の髪を少しもらうよ」

そう言うと、どこから取り出したのか銀色のはさみを出してきて、千尋の前髪をさっと指で挟むとザクって切った。

「あっ」

唖然とする千尋を尻目に、彼はロジブックの紙に髪の毛を包み込んだ。

そして、Yシャツの上からリュックを背負い、千尋のジャケットとジャンパーを手に持った。

「ええ？　ホントにやんの？　飛び込み」

「そうだよ。君の擦り切れた靴は、あそこの手すりの下に置くよ。この遺書と君の髪と一緒にね。ああそれから、この万華鏡はとっておいて」

そう言って万華鏡を背広のポケットから取り出すと千尋に手渡した。

「これで準備ＯＫ。君はここで人生の決定をしたんだ。これから君の人生は今までとは全く違ったものになる。これまでの生活とはさようならだ。全く新しい人生だからね。それはそれで大変だけどさ、君はきっと成功するから気を落とさないで。まずはこの下の街にある『椿屋』っていう老舗旅館でしばらく休んでいってね。それから先は君のやりたいことをやればいい。でも、どうしても行き詰まってやりきれなくなった時は、背広のポケットにある名刺の人の所を訪ねてみてよ。それじゃ僕は行くから、君はベンチの後ろの黄色い椿の木陰で見てて」

その時、近くに騒がしい人の声が聞こえてきた。ハイキングのグループがやってきたようだ。

「さあ、急いで」

千尋は、言われるままに黄色い椿の木々の後ろに隠れた。

若者は、千尋の靴を揃えて白い手すりの下に置き、さらに髪の毛を包んだ遺書をその靴の上に置いた。それからすっくと手すりの上に立ち、千尋のほうにさっと後ろ手に手を振ったかと思うと宙にダイビングしていった。

「あっ」

一瞬だった。声をかける暇もなかった。

その時ヒュンって風が吹き、あたり一面の椿の花々が一斉に震えた。

千尋の目の前にある椿の木も揺れて黄色い花々が震えて落ちそうになった。思わず手を添えると手のひらの上に花が一つポトって落ちてきた。それは花びらが黄、赤、白とそれぞれ違う色をした椿の花だった。千尋はしっとりとした重みを感じた。

「きゃーっ」

近くで女性の叫び声が聞こえた。金切り声の絶叫だ。さっきのハイキングのグループが、彼が飛び降りたことに気付いたのだ。

「飛び降りだ」

「ひええー、本物だあ」

グループは、男女三人ずつでハイキング客の様だ。手すりのところに慌てて走って来て、揃えて置いてあった千尋の靴と遺書を取り囲んで見ていた。そして、男三人がおそるおそる手すりに近づき、断崖の下を覗き込んだ。

「下のあの黒い岩の所に服が見えるよ」

「ほんと?」

女達がこわごわと男達の後ろから覗きこむ。

「きゃ、高い、断崖だわ」

「ほら、あそこだ。灰色のジャンパーが見えるだろ」

「うわっ、すげえ後ろぱっくり破れてるよ」

「多分体なんて潰れて内臓飛び散ってるね、脳みそなんてぐっちょぐちょでさ」

「げえ」

「ひどいわ」

「おい、はやく警察、警察に知らせなきゃ」

「そうよ、はやく電話して。それに警察来るまでこの靴と遺書には触っちゃだめよ。証拠品なんだから」

「いま電話かけてるから」

「しかし、生々しいな、こんなとこで飛び込みに出遭うなんてさ」

「ここ自殺の名所だからな。でもほんとに出遭うなんて。俺達すげえ、アンラッキーのラッキー！」

「ははは、あんた罰《バチ》当たるよ。ほんとに」

好きなことを言い合っている。飛び降りた人の気も知らないで。千尋は、くやしさで唇をかんだ。そして、手のひらの多色の花椿をジャンパーのポケットの中に入れると黄色い椿の木からそおーっと離れ、椿の並木の裏側を小走りに歩き、岬から離れ、坂道を下っていった。岬への並木道の入り口まで来た時にサイレンを鳴らしながらやって来るパトカーとすれ違った。千尋は何食わぬ顔でパトカーをやり過ごすとパトカーのやって来た方向に一目散に走っていった。

＊＊＊

千尋は、この街の老舗旅館に宿泊していた。ちょうどお風呂から出て、自室に戻ったところだった。大きな旅館であるが、客は数えるほどしかいなかった。観光シーズンをはずれているのだろうか。だから、広い岩風呂もほとんど独り占めできた。部屋に戻って、浴衣のままでベランダに出た。春の夜の朧月が山の上に出ていて、大きな池の上に映っている。庭園の隅に置かれた燈籠がぼんやりと灯り、何ともいい感じの、いわゆる風流な雰囲気が醸し出されていた。ベランダに置かれた籐のソファーの白い柔らかなクッションに腰をおろして、千尋は、しみじみと月を見た。体が次第にリラックスしてくる。ここ数日の千尋の身に起きた全ての出来事が何だか嘘のように思われた。

「本当に起こったことなのかな」

そんなことを考えながらも、月から目を離さずに見入っていた。しばらく見入った後、部屋の中に戻り、押し入れの中のハンガーにかけてあったジャケットを取り出し、再びベランダに出て籐のテーブルの上に置いた。身代わりに崖から飛び降りた若者が渡してくれたジャケットだ。千尋は、ポケットを確かめた。四つのポケットには分厚いお札の束がぎっしりと詰まっていた。二〇〇〇万はあるだろう。それに胸ポケットには干からびた多色の椿の花と万華鏡、それに鮫皮の札入れがあり、その中には、定期券や運転免許証、クレジットカード、それに名刺が一三枚入っていた。免許証には、千尋とそっくりの顔が貼り付けてあった。名前は蒼木駿一郎とある。名刺は、一つは電脳メディア出版会社社長　蒼木駿一郎と書かれたものが一〇枚あり、もう一つはＣＩＥＬＯ管理人マクシモ蒲志田という名前の名刺が三枚入れてあった。

「大丈夫、そのままだ」

千尋は中身に変わりがないことを確かめ、安堵してソファーに再び座った。

三日前のあの日、千尋は、岬から街に戻ると、夕暮れの中、ひと際その威容を見せるこの老舗旅館『椿屋』に躊躇することなく入り、札入れの中にあった運転免許証を見せて、ひと月分の前金を一気に支払うとそのまま泊まり込んだのだった。この旅館は大きな庭園と巨大な岩風呂の大浴場、そして地下には、非常に立派なスポーツジムがあった。千尋はこの旅館に来てからは、外出もせず、一日中ここのジムで体を鍛えては美味しい食事をして、温泉につかる日々を送っていたのだった。

月が益々明るく輝いてくる。月の周りを両手で囲うようにすると月を掴まえられそうだ。月の明かりで千尋の両腕がぼおっと浮き上がった。ここ三日間で両腕が異様にはれ上がり、ぶっとくなっている。それに浴衣の下の胸板も結構厚くなっているのだ。

「体にいいことしているからかな」

千尋は、もう、あの日のことは、考えないようにしている。そして、ひたすらジムと食事と温泉につかることだけに専念しているのだ。自分でもよく分からないが、おそらく自分の精神と肉体がそれを求めているのだろう。

「よし、寝よう」

ベランダから部屋に戻り、ジャケットをハンガーにかけると、布団を敷いた。

敷き終わって腕時計を見るとまだ夜の一〇時だ。昔なら、まだ残業やってる時間だ。

「いいや、とにかく寝ることだ」

千尋は部屋の電気を消し、布団の中にもぐりこむと無理やり目を閉じた。一日の心地よい肉体的疲れに包まれ、すぐに深い眠りに落ちた。

＊＊＊

千尋の一日はだいたい次の通りだ。朝七時には起きて、大広間で他の宿泊客との共同の朝食を済ませた後は、すぐにジャージに着替えて地下のジムに行く。そして、午前中一杯、ジムのランニング・マシンやエアロバイクで汗を流す。大広間で昼食をとった後は、午後中ベンチプレスやダンベルでみっちりと上半身の大胸筋、上腕二頭筋、腹直筋、更に下半身の大腿四頭筋、僧帽筋、そして背中の広背筋、大臀筋、ハムストリングスをそれぞれ丹念に鍛え上げてゆくのだ。夕食前の夜八時までひたすら鍛える。もちろん休憩時間はとるのだが、ひたすら筋肉を鍛え、体を改造してゆくことに没頭するのだった。

一体、自分は、何のために体を鍛え始めたのだろうか、これまでのことやこれからのことを忘れようとしているのだろうかと自問しながらも、とにかく今は鍛えることにのみ必死となっていた。体を鍛えていると何もかも忘れてしまう。自分が誰なのか、何をしたのか、なぜここにいるのか、いつまでいるのか、何のためにいるのかということも。

そして、目に入るのはトレーニング・マシンの機械的動きだけだ。淡々としかし力を込めてひたすらマシンを動かす。何も考えないままの頭の中は空っぽだ。唯一、鉄の四角い重りが持ちあげられ、その真ん中に仕込まれたいくつも穴のあいた銀色の鉄の心棒がやはり鉄でできた四角い下板の真ん中にくり抜かれた丸い穴を貫通し、上の重りの鉄板と下の重りの鉄板がくっつきそうになる直前に心棒と共に引きあげられるという終わりなき運動、つまりは心棒が穴を穿つ運動を延々と見ていて、時々本能的な妄想が頭をよぎることはあったが、それもすぐに消え、淡々としかし力を込めた筋肉運動を果てしなく継続するのだった。

初めは結構つらくて苦痛さえ感じた筋肉の鍛錬は、続けているうちにだんだんと痛みが和らぎ、気持ち良さを伴うものに変わっていった。筋肉の繊維がブチブチ切れる音さえ聞こえてくる。膨らんだ皮膚の下のあらたに蘇生し増殖する筋肉繊維の動きさえもが自分でわかるのだ。汗と新鮮なむき出しの再生する筋肉のむせかえる様な匂いに嗅覚が慣れてくるとある種の悦楽を伴う心地良さすら感じてくる。トレーニングの途中で噴き出した汗が目に入り、一〇〇キロのベンチプレスの鉄棒が汗でぼやけ、天井のライトが揺れ、頭の中に白い靄がかかる時がしばしばあった。すると決まって目の前に人影が現れ、声がかかるのだった。

「大丈夫？」

トレーナーの声だ。ゆれる鉄棒を両手で支えてくれる。

千尋は、ベンチプレスを胸の上においたままほとんど気を失いかけていたのだった。

「大丈夫っす」

「あんまりのめり込み過ぎないようにね。休憩しながらやって下さい」

「はい」

そして、夜トレーニングを終えると、シャワーを浴び、ゆっくりと温泉につかるのだ。広い温泉には、人影はまばらだから、泳ぐこともできる。温泉でさっぱりした後は、午後八時半頃、部屋で山の幸、海の幸の豪華な食事をゆっくりととる。その後は、部屋のベランダの籐のソファーに座り、月を眺めながら、時々万華鏡をかざしたりしてリラックスする。それから夜一〇時には床に就くのだ。

こうして、ある意味規則正しい毎日が続いて、三週間目の朝、千尋は、初めて旅館の外に出ることにした。さすがに、ジム、食事、温泉だけの生活には飽きがきていたのだった。しかし、ジムと滋養摂取に専念したかいあって、千尋の体は見違えるように大きくなっていた。大胸筋は岩の様に大きく盛り上がり、上腕二頭筋、三頭筋が丸太の様に太くなり、腹直筋は見事に六つに割れ、大腿筋も太い木の幹の様にたくましくふくれ上がっていた。体が二倍くらい大きくなった感じだ。今まで着ていたジャケットが小さくなり、ピチピチと体に窮屈に張り付いていた。髪は切っていないので、ずいぶんと長髪になっていた。旅館のレセプションホールに映る自分の姿はドロップアウトしたサラリーマンか落ちぶれた芸術家かはたまた浪人の様でもある。

「お散歩ですか。今日はいい天気ですから」

着物姿の女将さんが声をかけてくる。ジムにも見回りにやってくるので、彼女とは時々言葉を交わしていた。

「ええ、久しぶりに外の空気に触れてきます」

「いってらっしゃい」

女将さんに見送られて千尋は初めて旅館の外に出て行った。

久しぶりに見る朝の街はすがすがしい。朝日に照らされながらサラリーマンや学生達が会社や学校に急いでいた。ほんのひと月前の自分の姿である。今は会社に急ぐ必要も、満員電車の人ごみにつぶされる必要もない。更には上司の怒声や叱責を聞くこともないのだ。

千尋は、人の流れに逆らって駅とは反対の方向に歩いて行った。歩行者の歩く速度は速い。しかし、いまの千尋には、もはや速く歩く必要はない、始業時間に遅れる心配が全くないのだから。だから、歩道の真ん中をゆっくりと歩いてゆく。対面する歩行者達は、おのずと千尋に道を譲ってゆく。服の上からも分かる千尋の異様に盛り上がった筋肉質の体形に気後れし、或いは恐れをなして道を開けてゆくのだ。これまでの生活でこんなことは経験したことがなかった。いつも道路の端を人に道を譲りながら歩いていたものだ。であるから、これはかなり新鮮な快感である。

「ちょっといい気分だな。道路を我が物顔に歩けるって」

暫く歩いていると公園に出た。どこの街にもありそうな公園だ。木々に囲まれた中に、緑の芝生や砂場、ジャングルジムやシーソーがある。さすがに朝から公園に人はあまりいない。ジョッギング途中の苦しげな顔をしたおじさんや公園を近道にして通り抜けようとするサラリーマンやOLに出会うくらいだ。

しかし、千尋は、公園の水飲み場の後ろに意外なものを発見した。

「青テントだ」

首都で青テントを見かけるのはそれほど珍しいことではなかった。やはり失業者人口が桁違いに多い大都市ではありうることではある。しかし、この地方都市で、しかも人情とかが厚く互いに思いやりや助け合いの精神が発揮されるであろうこの田舎の街で青テントがあるということは、少し驚きであった。

千尋は一体どんな人が暮らしているのだろうと妙に気になって、水飲み場のほうに歩いて行った。そこには洗面所があった。

「なるほど。水があってトイレもあれば生存は可能だね。でも、冬は結構冷えると思うんだけどな、ここ。春風だって結構冷たいし」

千尋は、テントのまん前にある木製のベンチに腰掛けた。そして、青テントの中からどんな住人が出てくるのだろうかと興味津々に待つことにした。ほどなくテントの住人が青テントの中から出てきた。ねずみ色の上下のジャージを着て、白髪混じりのぼさぼさの髪に汚れた鉢巻きをし、髭を伸ばした男だった。結構小柄で、頭は小さく、頬は痩せこけ、手足が異様に細長い。男は、そのまま千尋の前を通り抜けてトイレに入って行った。

「四〇代のおっさん、現場作業員風だ。公共工事とか手伝ってるのかなあ」

そんなことを考えていた時に、男がトイレから出てきた。濡れた両手をジャージのズボンで拭いて、千尋の前を通り抜けようとした。

千尋は声をかけた。

「おじさん、そこに住んでるんですか？」

男はびくっとして、千尋の顔を見た。

千尋は、できるだけにこやかな顔をした。

「ああ」

「青テントって快適ですか？」

「なんで、あんたそんなこと訊くんだ」

「いえ、あの、なぜ、そんなとこに住んでるんだろうって思って。首都ならともかくこんな地方都市なら、いくらでも住むとこなんてあるだろうし、ちょっと郊外にいけば、過疎の村の空き家なんていくらでもあるはずなのに」

「わかっちゃいねえな、お前さん」

そう言うと、男は、千尋のベンチに近づいてきた。

「あっ、よかったらどうぞ」

千尋は、ベンチの右端に寄り、左隣に席をゆずった。

男は、ベンチに座った。

「田舎の家は街の中心から遠いんだよ。それに、空き家だって電気代や水道代、税金だって払わなくっちゃならねえ。でもよ、この公園だったら、仕事場にも近いし、水やトイレはあるし、無税だし、結構楽なんだよ」

「でも、青テントって公園の景観を壊してるんじゃないかな。一般市民だって、こんなのあったらなかなか落ち着けないし、子供を安心して遊ばせられないですよ」

「そんなん知るかよ。こちとら生活かかってんだ」

男がむっとして口から泡を飛ばして言った。不快な臭いが漂い、千尋は顔をそむけた。おそらくずっと歯なんて磨いていないのであろう。それに、ジャージのお尻の部分が真っ黒に汚れている。垂れ流しなのかもしれない。

「ここで仕事あるんですか?」

「ああ、公共工事が……」

急に男の声が弱々しくなった。

「公共工事が、何ですか?」

「あったんだ、最近まで。今は一休みしてんだ」

「そう、今はないんだ」

「不況だからな」

その時、男の腹がグーっと大きな音を立てた。

「おじさん、お腹すいてるんだね」

「まあな。俺は最近一日一食だから。でもな、朝食べないとやっぱきついぜ」

千尋は、少し気の毒になってきた。朝も食べずに仕事は探せないだろう、やっぱり。

「ちょっと待ってて、僕、朝ごはん持ってきてあげるよ」

千尋は、そう言って、公園の傍にあるファーストフードの店に向かった。

最近この種の店は、朝食メニューが結構充実しているのだ。卵サンドに麦茶、そして、焼きおにぎりと缶コーヒーを買って早足に戻ってきた。

男はベンチに座って千尋の帰りを待っていた。

「買ってきたよ、はい、どうぞ」

千尋が朝食の入った袋を手渡すと、男は中を開けて見て、すぐにぱくつき始めた。

「大丈夫ですよ。誰もとったりしないからゆっくり食べて。慌てて食べると消化に良くないよ」

千尋は、自分のために買った缶コーヒーの蓋をあけながら言った。

男と千尋は、青テントやその上に広がる青い空を眺めながら朝食の時を共にした。

「ああ、うまかったぜ、あんちゃん」

「そうですか。ところでおじさん名前は?」

「俺は辰ってんだ。ありふれた名前だけどな」

「あんちゃんは?」

「僕は千尋」

「千尋さんか、そうかい。ありがとな、朝飯」

「これからどうするの？」

「ああ、特に予定なしだ。最近、わき腹が痛んでてな。まあ、テントの中でゆっくりするわ」

「わき腹が？」

「ああ、肝臓一つもってかれちゃったからな」

「肝臓？　もっていかれちゃったって？　どういうこと？　病気で摘出ってこと？」

「いやね、売っちゃったんだよ。臓器」

「売っちゃった。なんで？　もしかして臓器移植のために？」

「ああ、結構金になるからね」

「金になるっていってもね、そんなことしたら体壊れちゃうじゃない」

千尋は、わき腹を押さえる辰という男を驚きのまなざしで見ていた。その時、男の目が白色に近い薄灰色であることに気が付いた。そこまで生活が荒んでいるのだろうか。

「そんなにお金に困ってるんですか？」

「いや、そういうわけでもないんだけどな。三年前に失業して、一時期もらってた失業保険と建築現場での力仕事で最低限の生活は維持できてるさ。でも、まあ、ちょっと訳ありでね」

「へええ、あの、あんまりプライバシーには入りたくないんだけど、でも、何でそこまでやる必要があったのかなあ。あのちょっと興味あるんで、話してもらえないですか？　朝食美味しかったよね」

千尋はわざと恩着せがましく言った。

「朝飯の借りがあるからな。まあ、いいか、話してやるよ」

辰は、ジャージのポケットの中から皺くちゃになったタバコの箱を取り出し、一本ぬき出すと百円ライターで火をつけた。そして、一服、実に美味そうにふかすとベンチに深く腰をかけ直した。そして、話し始めた。

＊＊＊

「岬社交クラブ」

「岬社交クラブ？　何ですか？　それ」

千尋の反応に、男は本当に驚いた顔をした。

「あんた、知らねえのか。不粋だねえ。あんな有名なクラブなのに。この街だけじゃなくてこの地方じゃ知らない奴いないぜ」

「そうなんですか、でも、僕は土地の者じゃないから」

「どこから来たの？　あんた」

「首都」

「首都？」

「首都の全国区じゃあ、ほとんど知られてないですよ」

「首都のことは俺は知らねえよ、遠いとこだしな。行ったこともねえし、行きたいとも思わねえ」

「それで岬社交クラブがどうしたんです？　続き話してくださいよ」

話がずれ始めたので千尋は元に戻そうとした。

「そのクラブってのはさ、俺の憧れでもあるわけよ。この街に来てから、そのクラブの前を通るたびに一度でいいから入ってみたいっていつも思っててよ」

「そこって、そのクラブって、キャバレーみたいなとこですか？」

「場末のキャバレーじゃないぞ、社交場なんだよ、大人のな。時々海外からもバンドがやってくるんだ。いまだって、クラシック音楽家がサロンコンサートなんかやってる」

「へええ、よく知ってますね」

「そりゃあそうさ、この街のタウン紙に出てるからな。俺は、いつもフォローしてる」

そう得意気に言うと、タバコを深く吸いこみ、ふーって長く吐き出した。

同時に少し痛そうにしてわき腹を押さえた。

「わき腹痛いんです?」

「ああ、クラブの話する時には痛むんだよ。懐かしい痛みっていうやつさ」

「懐かしい痛みって、臓器摘出して懐かしいも何も、そんなんあったもんじゃないじゃない」

「そりゃあ違うぜ、臓器摘出に至るまでにはいろいろあったんだ。まあいい、かいつまんで話してやろう。会いに行こうとした」

「会いに? 誰に」

「そりゃ決まってるだろう。岬社交クラブのはまゆうちゃんだよ。俺がこの街にやってきた同じ年、だから三年前からそこに勤めてるんだよ。べっぴんさんだぜ」

「なんだクラブの人か。知り合いなんだ」

「いや知り合いというところまではいかないんだ。チラシで見るだけだ。つぶらな瞳が優しそうでさ、いい笑顔してるんだ」

「もしかして、そのはまゆうさんっていう一度も会ったことのない人に会うために臓器摘出したんですか？」

「どうしても会いたくてな。でもそのためには、お金がいるのよ、会うためにはな。でもな……」

辰の声が少し弱々しくなった。

「でも？　何、会えなかったの？」

「ひと月前になる。肝臓売った金持ってクラブに行ったんだけどよ。入れてくれねえんだ」

「ああ、そうか、まあ、その身なりで行ったら断られるのは無理ないかもしれないね」

辰の身なりは薄汚れたねずみ色のジャージでお尻のあたりが真っ黒に汚れ、いかにもホームレスの姿をしているのだ。

「いや、ちゃんとネクタイとジャケット借りていったんだ。青テントの仲間にな。でも、入れてくんねえ。なぜだって訊いたら」

「訊いたら？」

「誰かえれえ人の紹介がいるんだってさ。一見さんはだめなんだってよ。それ以来、俺は青テントでふて寝してるんだよ」

「ふて寝ね。まあ、会えなくてもお金はできたじゃない。それで新しい生活始めたらどうです？」

「そんな俺の勝手だろうが、この懐かしい痛みが引くまでは俺は何もやらねえことにしたんだ」

「ふうん」

千尋は、辰のへんてこな屁理屈が分からないでもなかった。人にとっては馬鹿げたことと思われても辰にとっては、それはそれで行き着いた結論なのだろうと思ったからだ。

「彼女に会えるっていったら、辰さんの生活変わったりするかな?」

「会えるわけないだろう。俺はこの街じゃ、えれえ人は誰も知らねえんだ。せいぜい現場の頭くらいだから」

この街で偉い人、そして、クラブにとって偉い人というのはおそらくこの街の名士や常連客のことなのだろう。同じ接客の世界であれば、自分の宿泊している老舗旅館の女将さんなら、なんとか口をきいてくれるのではないかと千尋は考えていた。

「よし、辰さん、そこは僕が何とかします。会いに行きましょうよ、はまゆうさんに」

「いつ?」

「今夜に決まってます。でも、準備しないとね。その格好じゃあ、はじめから門前払いになると思うから。さあ、行きましょう」

「はじめから公園に住んでたの」

「俺は普通のサラリーマンさ。でも会社がつぶれちゃってね。行くとこないし、この街に流れてきたってわけ。ここは気候が温暖だからな」

「ここ来る前、何やってたんです?」

「老けて見えるんだよ、生活荒れてくるとな。白髪になるし、肌は荒れるしさ」

「ほんと?　ものすごく若いんだ。僕、四〇近いと思ってたけど」

「俺か、今年二九だよ」

「ところで辰さんいまいくつ?」

ほうが、体がたくましくなった分、兄貴分の様にも見える。

二人は、ベンチから立ち上がると歩き始めた。辰のほうがあきらかに年上だが、若い千尋の

「わかった。じゃあ行こう」

「じゃあ、行きましょう。道案内してくださいよ」

「そりゃあな、一〇日くらい」

「銭湯。ずっと行ってないでしょ」

「行こうってどこに?」

「さすがにそりゃ違うさ。はじめはアパートにいたけどね、家賃滞納してさ、追い出されてこの公園に来たのよ。公園には三人仲間がいた」

「三人？　でもいま青テント一つだけど」

「ああ、みんな行っちまったさ。目が見えなくなってね」

「目が？」

「ああ、仲間の一人が安酒つくっててな。安く上げるために酒にメチルアルコール混ぜるんだ」

「へえ」

「でもな、ある日、その酒で酒盛りしてたら急に気分が悪くなってきてさ。脂汗が出てきて、息ができなくなって、頭は痛いわ、腹は痛いわ、吐き気はするわ、目はかすむわで、最後は、けいれんまでしてきてな。皆次々に倒れちまった。俺は、こんな安酒飲んでるからだ、こん畜生って、酒の入った紙コップ放り投げて、けいれんしながら青テントの奥に大事にしまってあったウォッカの瓶を取り出してきて、そのままがぶ飲みしてやったんだ」

「すごい、それで？」

「皆で土の上でうめいてたらおまわりがやってきてな、それで救急車で入院よ。他の三人は、皆失明しちまった。俺だけが、瞳が白くなっただけで視力は失わずに済んだってわけ。その後、皆、どっかの療養所にひきとられて行っちまって、今青テントに住んでんのは俺だけよ」

「ウォッカ飲んだのがよかったんだ。解毒作用があるのかな」

「あれで、メチルアルコールが体から抜け出ちまったらしい」

「いろいろ修羅場をくぐり抜けてきたんだね、辰さん」

千尋は感心しながら言った。

二人は道路をのんびりと歩いていった。既に歩道には行き交う人はいない。道路沿いの赤や黄色のパンジーが春風に揺れていた。

やがて、二人は大きな門構えの家屋についた。

「ここが銭湯？　立派ですね」

「老舗の銭湯だよ。俺も時々使ってた。最近はご無沙汰だけどな」

銭湯の近くには、ちょっとした洋品店や花屋等が店を並べていた。

「辰さん、服のサイズは？」

「ああ、俺はSだよ」

「そう。じゃあ、先にお風呂入っててください、僕すぐにくるから」

千尋は、銭湯に入ると、台場から辰をまじまじと見下ろしながら、しかめっつらする銭湯のオヤジに「彼の分宜しく」って銭湯代を払い、辰を脱衣所に押し込むと、銭湯を出て、近くの洋品店に向かった。そこで、Sサイズの下着や白の綿パン、緑のTシャツ、白のデッキシューズを買いこむと銭湯に戻ってきた。いそいで風呂場に入ると広い浴場の隅っこで辰が頭を洗っていた。

「辰さん手伝うよ」

千尋は、シャンプーを思い切り辰の頭に振りまき、ヘヤーブラシで頭を梳いていった。

白いシャンプーが辰の頭の真っ黒な汚れを包みだし髪の先から絞り出してゆく。

そして、へちまたわしで辰の背中をこすった。体中に長年の垢が固まってこびりついていて中々落ちない。

「辰さん、こりゃあ、洗い甲斐があるよ」

背中をごしごしとへちまたわしで擦っていると出るわ出るわ垢が体の中からとめどもなく滲み出してきた。

「辰さんて、もしかして垢だけでできた垢人間？」

「まあな、人間無精になるとこうなっちまうんだよ」

「それから、これ、歯ブラシと歯磨き。ほら、これでしっかり磨いて。口の中を不潔にしてると病気になっちゃうよ」

辰は、渡された歯ブラシでごしごし汚れきった歯を磨いていった。

体を洗い流した後、二人で湯船につかる。

「いいねえ、朝風呂」

「そうでしょう。元気になるよね。いいもの食べて、お風呂に入っていれば」

湯船でくつろぐ辰の横腹には、手術の痕がくっきりと残っていた。

「傷痕痛むの？」

「時々な」

「体大事にしなきゃね」

千尋は、半分自分自身に言い聞かせるように言った。

「ところであんたかなり鍛えてるけど、プロレスラーか？」

「違いますよ。でも、プロレスラー並みの体が最近できてはきましたけどね。さあ、出ましょう」

二人は銭湯から出た。辰は、白の綿パン、緑のTシャツ、白い靴でさっぱりした好青年に変わっていた。

「辰さん、これから床屋に行きますからね。それに貸衣装屋にも行かないと。あと、偉い人のほうは僕が何とかしますから」

「何か、こう昂揚感があるな、これから何かをしてやるぞっていう。久しぶりだよこういう感じは」

「そうですね。やっぱり、こういう風に何かに向かって行くっていいですよね」

二人は、銭湯を後にし、意気揚々と床屋に向かって歩き始めた。

＊＊＊

岬社交クラブは、街を横切る川の傍にあった。川の傍に建ち並ぶビルの中でも黒い総ガラス張りのタワー型をした一際大きな建物である。クラブの窓ごとについている赤と黄、緑の電飾が川面にキラキラと映り、まるで季節外れのクリスマスツリーの様だ。クラブの前で夜の九時に待ち合わせた。きっかり夜九時、千尋がタクシーでやってくると、辰は、店の前で既に待っていた。

「辰さん、お待たせ」

辰は、蝶ネクタイにタキシードのいでたちだ。髪も茶髪に染めて、アシメトリーな長い前髪が頬にかかっている。

「これなら大丈夫。うん、追い出されることはないよ。お店の人と間違われそうだものね」

「千尋さん、あんたもちょっとしたもんだね」

千尋は、長めの髪をオールバックにしてジェルで固め、額に前髪を少したらし、はち切れそうなピッチピチのタキシードに包まれた胸のポケットには、大きな一輪の薔薇の花が飾られていた。腕には、真っ赤な薔薇の花束を二つ持っている。

「あんた、ちょっとしたイタリアン・ジゴロだぜ」

「ジゴロね。へへへ、まあいいかな」

「はい、これ辰さんに、もう一つは僕用」

そういって薔薇の花束を一つ辰に手渡した。

「おお、いいね。これってもしかして、はまゆうさんへのプレゼント?」

「そうです、やっぱり気持ちは何かで表さないとね。通じないことってあるから」

「おうおう、いいね、これ、いいよ。こんなことって、中学の初恋以来だぜ」

「初恋ね、ずいぶんと昔の話だ」

「ところで、千尋さんよ、格好はバッチリ決めたけど、中に入るには、偉い人の紹介がいるんだぜ」

「大丈夫。僕の泊まっている老舗旅館『椿屋』の女将さんを通じて話を通してあるから。結構、お礼を奮発したけどね。僕の名前で予約は入ってるよ」

「そうかい、そこまでやってんだったら大丈夫だろうよ。さあ、行こうか」

「うん」

二人は、蝶ネクタイを手で真っすぐに直すと、薔薇の花束を腕に抱えてさっそうとクラブの入り口に向かった。

入り口にたむろする数人の黒服が二人の前に立ちはだかり、面通しをしてきた。

「見ない顔だな」

「千尋、それに辰です」

「千尋に辰。ああ、リストにある。誰の紹介だ」

「『椿屋』の女将の美登利さん」

「ああ、美登利さんか。ＯＫ、じゃあ、どうぞ」

男達は、急に緊張を解き、それまでのいかつい顔からにんまりした顔になった。そして、二人に道を開けた。二人は、真っ赤な絨毯の敷き詰められた階段を上のほうにのぼって行った。

階段の上まであがると、その奥にあるやはり真っ赤な大きな扉がひとりでに両側に開いた。中は、薄暗く、真っすぐ伸びる赤い絨毯の両端に夜の飛行場の滑走路の様な黄色いライトがぽつぽつと等間隔に点いていた。そして絨毯の両側には、黒と赤のツートンカラーのソファーセットが置かれ、高い吹き抜けの天井から真っすぐに降りて来る淡い金色に光る梨やリンゴの果実をかたどった大きなシャンデリアが二つゆっくりと揺れていた。何組かの客が座って談笑している。

あたりには何とも言えない良い香りが漂っていた。薔薇の花の香りだ。

そして更に赤い絨毯を奥に進むと、もう一つステンドグラス風の扉があった。両側に黒服がいて二人が近付いてゆくとゆっくりと扉を開けた。

中から、人のざわめきと笑い声そしてバックグラウンドミュージックが風に乗って体全体に吹き付けてきた。

「いらっしゃいませ」

紫のロングドレスの女性が笑顔で挨拶してくる。淡い闇の中でも彼女の歯並びの良い白い歯は印象的だ。

「あっ、はい」

扉の中は、大きな劇場の様になっていた。しかし、椅子はなく、なだらかなスロープの床が三つの部分に区切られ、それぞれの区画にはテーブル席がそれぞれ一〇〇席はあるだろうと思われた。テーブル席には赤いテーブルクロスがかかり、その上でろうそくの灯ったランプシェードが揺れていた。

「どうぞこちらへ」

二人は、ロングドレスの女性に導かれ、ゆったりとしたスロープを下っていった。そして、ちょうど、劇場ホールの真ん中あたりにある四人用のテーブル席についた。

そこからは、金色の仕切り越しに、一段下の区画のテーブル席、更にその先の緞帳の下がった舞台が見える。緞帳には、真っ赤な薔薇の花が無数に描かれ、さながら薔薇の海の様だ。目がちかちかしてくるほどだ。そして、薔薇の海の上にＭＩＳＡＫＩという銀色の文字が浮かび上がっている。

二人は席に座り、薔薇の花束をテーブルの上においた。

今度は赤と白のチェック柄のベストと短い黒のスカート、白い絹のシャツ、そしてやはりチェック柄の長い靴下に赤いハイヒールを履いた若い女の子がやってきた。

「ご注文を伺います」

「あっ、俺は焼酎水割り」

辰が反射的に頼んだ。

「焼酎？」

彼女が驚いたように聞き返した。

「あっ、辰さん、ここは、ウイスキーとかにしといたら」

「えっ、ああそうか、そうだな。こんなとこだしなあ。じゃあ、水割り」

「僕も水割り、ボトルでね。それに何かおつまみも」

「はい、おつまみはどれにしましょう」

そう言って、黒い革製のメニューを広げ差し出してきた。メニューの上には、白地に金色の縁取りのある赤色の文字が躍っていた。

「すごい、この文字きらきら光って躍っているみたい。あっと、じゃあ、これとこれを二つずつ」

「はい。かしこまりました」

「あの、ここって、喫煙できますか？」

千尋がこわごわって感じで尋ねた。

「はい。大丈夫ですよ」

「これでも大丈夫ですか？」

千尋は、胸ポケットから太巻きの葉巻を取り出して見せた。

「もちろん、葉巻も大丈夫です」

「ありがとう」

彼女は、満面の笑みで答え、テーブルを離れていった。

「千尋さん、あんた、葉巻吸うのかい？」

「美登利さんに言われたんですよ。ここに来るくらいなら葉巻の一本くらい吸えなきゃいけないってね。だから、一本買って来た、太巻き葉巻」

「いいね。でも、吸ったことあんの？」

「いや、初めてだけど」

会社勤めで、しかも結構傷つきやすい繊細な心を持つ若者だった千尋が葉巻を吸ったことがないのはある意味当然であった。葉巻を吸っている会社の専務とかは見かけたことがあったが、葉巻は偉い人が吸うもので、偉くなったら吸える資格も出てくるのだろうと考えていて、今の自分には縁のないものだと思っていたのだ。それに会社の同僚で葉巻など吸ってる人は周りには誰もいなかった。

「初めてだと、ちょっと難しいかもな」

「辰さん、吸ったことあるの？」

「そりゃ、お前さん、年の功だぜ、あるよ。でもな、吸うんだったら食事の後がいいぞ。やっぱ、きついからな、味と香りが」

「おまちどおさま。はい」

さっきのチェック柄の女の子がウイスキーボトルにグラス二つ、アイスボックスに水ボトルとおつまみ、そして大きな灰皿の載った銀盆を持ってきた。手際良くこれらをテーブルの上におき、ウイスキーの水割りを二つ作った。

「あっ、これ葉巻用の灰皿ですね。葉巻を置く長い溝が付いてる。ほんとに吸ってもいいんですか？」

「はい。大丈夫ですよ。ここには、強力な空気清浄機が各フロアについていますから、ご心配なく。ごゆっくりどうぞ」

そう言ってまたテーブルを離れていった。

やがて、このホール全体に人の笑い声や話し声が響いてきた。いつの間にかホールは満席になろうとしていた。さっきまで聞こえていたバックグラウンドミュージックに変わって、本当の楽団の楽器の音がしてきた。弦楽器や管楽器を合わせる音が響いてくる。やがて、ホール全体が一斉に暗くなり、舞台の薔薇の海が描かれた緞帳にさっとスポットライトがあたった。そこには、きらびやかな銀色のタキシードに身を包んだ長身の女性が現れた。そして、明るい華やかな声で「岬社交クラブ、魅惑のナイトショー、オープニング！」と告げると緞帳が両側に開き、ショーダンサー達が飛び出してきた。皆長身の女性達だ。銀色や金色のタキシードとシルクハット、黒のステッキを軽やかに操りながらステージ一杯に踊り、歌い、飛び跳ねる。楽団は、重厚かつ華のあるブラス中心の乗りの良いサウンドを奏でている。

「これはいい」

「千尋さん、こりゃ本物ですぜ。踊り子といい音楽といい」

「こんな地方にもこれほどのレビューが来るんだ」

「そうですよ。だから、俺は、この店のチラシみただけで、びびびってきたんだから」

「ところではまゆうさんって、どの娘《こ》です？」

千尋が尋ねた。

「あれですよ」

辰が指差したのは、舞台の第一列目で華やかに踊っている五人のダンサーの後列でやはり黒と赤のタキシードで踊っている五人のうちの一人だった。

「あの、二列目の一番右」

「ああ、あの娘《こ》ですか」

そのダンサーは、一列目よりも背は低いが均整のとれた体と激しい踊りについてゆくはじけるようなエネルギーに溢れていた。髪はオールバックで大きな目が印象的だ。

「いいじゃない、かわいいよ。辰さん、はまゆうさんに乾杯」

「乾杯」

二人で乾杯している間に、レビューの華やかなダンサー達が奥に下がり、今度はステージ上に巨大な透明の水槽が下からせり上がってきた。中には、青い水の中で大きな龍の様な大蛇が泳いでいる。その傍に軍服姿の男と黄色い服を着た女性がライトに照らされ現れた。二人はひとしきり抱き合いそして別れた。彼女が差し伸べる両手を振り切って男は去っていった。悲嘆にくれる彼女は、黄色い服を脱いだ。服の下には黄色い水着を着ている。そして、絶望した様に悲嘆にくれながら水槽の中に入っていった。入水し、水の中に漂う彼女をその龍の様な大蛇はこともあろうに、ぐるぐるまきにして下からしぼりだすように水面に浮かせた。彼女は水面で息を吹き返した。大蛇に命を助けられたのだ。それから大蛇と水の中で戯れる。大蛇と一緒にシンクロナイズして水槽の中を泳ぎ、水の上に飛びだし再びじゃれるように水の中に潜るのだ。大蛇の頭は異様に大きく、両手両足があり、背中には羽の様なものが付いている。

やがて、舞台の奥の大型スクリーンに男の影絵が大写しになった。爆撃機の大群が爆弾を落とし、街が炎に包まれ、兵士達が次々と倒れてゆく。そして、男もその戦場で爆弾に吹き飛ばされるのだった。

「おお、すごい」

千尋と辰は、迫真の影絵にくぎ付けになった。そして、瀕死の男が、女の名前を呼んだ。その時、水槽の上には真っ赤な薔薇の花びらが雨の様に降り注いだ。血の雨の様だ。

すると、さっきまで水に潜っていた大蛇が水槽の上に姿を現した。その姿は完全に雄々しい龍に変わっていた。龍の背中の閉じられていた羽が大きく開き、そして羽ばたいた。女は龍の上にまたがり片手をまっすぐ上に伸ばした。すると龍は、彼女を乗せて宙に舞い上がったのだ。

「おおお」

観客の驚きとどよめきの声がホールに響いた。壮麗な管弦楽が奏でられる。龍に乗った彼女が腕を差し伸ばす先は男のいる戦場だ。龍は、水槽の上を羽ばたきながら三回旋回し舞台裏に消えた。やがて影絵の中の瀕死の男の前に龍に乗った彼女が現れた。彼女はその男の手をとり胸にあてる。瀕死の男が最後の力を振り絞り、起き上がり彼女をしっかりと抱きしめた。二人の愛を高らかに歌い上げる壮麗な音楽が最高潮に達すると舞台の幕が下りた。

観客の万雷の拍手の中、幕の中から黄色い水着の女性が現れ、軍服姿の男が現れ、レビューに登場したダンサー達が現れて観客に挨拶した。

「行こう、辰さん、今だ」

「おう」

千尋と辰は各々赤い薔薇の花束を抱え、ステージのほうに駆け寄って行った。

既に、何人もの観客がレビューの主役のダンサーに花束や贈り物を捧げていた。

その中に混じるようにして、辰は、はまゆうのほうに駆け寄り、ぎこちない動作でなんとか薔薇の花束を手渡した。そして、千尋は、黄色い水着の女性に同じく薔薇の花束を手渡し、投げキッスを送ったのだった。それから満足そうに二人してテーブル席まで帰ってきた。

「よかったね。辰さん、花束渡せて」

「ああ、最高だったよ。ほんと綺麗だった、はまゆうさん」

「あの水着の女性もすごいよね」

そう言って再びウイスキーで乾杯した。

舞台は、さっきまでの水槽が消え、代わりに白いピアノと弦楽器のカルテットが現れ、クラシック曲を演奏し始めた。

二人のグラスをあけるスピードもアップしてきた。既に三杯も飲んでいた。

「そろそろ葉巻に火をつけようか」

「おお、やってやって」

千尋は、あたらしいウイスキーグラスを持ってきた女の子が置いて行ったマッチで葉巻の片方に火をつけた。しかし、いつまでたっても火がつかない。煙も出ない。

そのうち、マッチを持つ手が熱くなり、思わず灰皿の中にマッチの燃えさしを落とした。

「おっかしいなあ？　火がつかないよ」

千尋が火のつかない葉巻の理由を見つけようとして葉巻をぐるぐる指で回していた時、席に二人の女性がやってきた。二人共、濃紺のチャイナドレスを着ていた。

「よろしいかしら、ご一緒して」

千尋も辰も一瞬あっけにとられたが、それぞれ隣の椅子に「どうぞどうぞ」といざなった。

自然に背の高いほうが、千尋の横に座り、背の低いほうが辰の横に座った。

「あのあなたは、もしかしてはまゆうさん？」

辰が嬉々として尋ねた。

「はい」

確かにはまゆうという踊り子だ。踊っていた時の派手な化粧は落とされ、より清楚な感じになっていた。

「あたしは、きらら、よろしくね。あなた薔薇の花束くれたでしょう」

「はい。僕、いや私は千尋です」

「あっ、俺辰です。あのお二人共ものすごく素敵でした。はい」

「どうもありがとう。やだ、二人共緊張なさって、どうぞくつろいで下さいな。水割りおつくりしますわ」

そう言うと彼女達はそれぞれ水割りをつくり、緊張してぎこちない動きの二人に手渡した。

「あら、千尋さん、葉巻吸われるの？」

きららが千尋の手にあった葉巻を目ざとく見つけて訊いてきた。

「あっ、あの、はい。今火をつけようと思って」

そう言うと、千尋は、マッチをすって、葉巻の片側に火をつけた。しかし、さっきと同じように、一向に火はつかず、煙も出ない。

「やっぱり、変だよね。おかしいな」

「ふふふ、千尋さん、葉巻は吸い口をつけないとだめなのよ」

「吸い口?」

「そうよ」

きららはそう言って千尋の葉巻を取り上げると、青いスパンコールのついた小さなハンドバッグの中から小さなはさみの様なものを取り出した。千尋の歯型のついた葉巻の尖ったほうをそのはさみでパチンと切り、ハンドバッグから取り出したライターでもう一方の端をあぶり始めた。葉巻が香りのよい煙を出し始める。彼女は、葉巻を少しずつ回しながら先端の周りをライターで焦がしていった。しばらくそうしたあと、急に葉巻を持つすらっと伸びた白い左手を宙で四、五回輪を描くように動かした。優雅な動作だ。そして再び、腕を下ろすと葉巻の端にライターの火をかざした。どうやら火がついたようだ。そうして火のついた葉巻を灰皿の上にゆっくりと戻した。

「どうぞ召し上がれ」

あっけにとられながらも千尋はその葉巻を手でとり口にくわえ、ふかしてみた。

「ぐふぐふ」

緊張のせいか、煙をそのまま一気に飲み込み、せき込んでしまった。

「ははは、千尋さん、大丈夫かよ。彼初めてなんすよ、葉巻吸うのって」

辰が、はまゆうときららに笑いながら説明した。

きららが千尋の背中をさすって言った。

「はじめは皆そうなのよ。シガレットの様に煙を肺に入れてしまうものなの。でも、それではむせてしまうわ。煙は肺に入れてはだめよ。貸してごらんなさい」

そう言って、きららは千尋から葉巻を取り上げると、一服ゆっくりと葉巻を吸った。そして、千尋の頭の後ろに左手を回すと彼女のほうに引き寄せた。

驚きぽかんと口をあけた千尋の唇を彼女の真っ赤な唇で覆うと、ゆっくりと葉巻の煙を千尋の口の中に移しこんだのだ。

「わあ、きららさん、大胆」

「すげえ」

はまゆうと辰が囃したてる。

きららが唇を離すと、開かれた千尋の唇の奥から口腔の中に入っていた煙がゆっくり戻って出てきた。

千尋は恍惚感に浸っている。

「豊かっていうか豊饒っていうか……いい感じ」

「でしょう。そういう風にゆっくりとくゆらすものなのよ。さあ、あたし達も御酒頂きたいわ。ねえ、いいでしょう」

「もちろん」

そう二人同時に返事をした。はまゆうが四人分の水割りをつくると皆で乾杯した。きららは水割りのグラスを一気に飲み干した。

「豪快な飲みっぷりですね」

「ふう、おいしいわ、そうね。あたし、水の中で結構体力使ってるからエネルギー補給しないといけないの」

「ところで、あの龍本物ですか」

「ふふふ、龍の様な大蛇ではあるのよ」

「すごかったです、あの戦地に向かった男に会いに飛んでゆくところなんて。なんか感動して泣いちゃいました」

「そう、ありがと。千尋さんって体に似合わず意外にセンチなところがあるのね。でもあなたってほんとすごい体してるわ」

　きららがそう言って千尋の腕を両手で掴んできた。

「もしかして、胸の筋肉も動かせる？」

「ええ、まあ」

　千尋が、胸筋を上下に動かすと、タキシードの下のシャツの胸が波打った。

「すごいわ。さわっていい？」

　彼女は直接彼の胸に右手の掌を置いた。

「わお。どきどきしてる。ねえ、あたしのハートもドキドキよ。さわってさわって」

　そう言うときららは、無理やり千尋の手を取り、彼女の心臓のあたりに押し付けた。大胆で積極的な行動に千尋はなすすべもなく、いわれるままになっていた。

　辰とはまゆうは、色々と親密そうに顔を近づけてひそひそ話を続けている。辰の手は、彼女の耳を愛撫さえしているようだ。

　周りを見れば、照明の当たった舞台の上では、引き続き管弦楽が奏でられているが、ホール全体は結構照明が暗くなり、人の姿もよく見えない。おそらくきららの大胆な動きやひそやかな辰の指の動きも闇に隠されているはずだ。

きららの右手指は、千尋の盛り上がった心臓の上を覆う厚い胸の丘陵をなだらかに滑り降り、臍のあたりまできて、反転し再びゆっくりとあがってゆく。そして初めは指の腹、次に指の先、そして、最後に長い真っ赤な五つの爪で優しくなでながら、時にして爪をたててひっかき、肌をつまみあげてゆく。そのたびに、千尋は、体の中を熱い血がめくるめく巡り、体全体がむずがゆくなるのを感じて思わず目を閉じた。

「き、きららさん、そこだめです」

たまらず、千尋はきららの饒舌に動く右手を左手で胸の上にとらえると無理やり両膝の上に置き、彼の大きな手で包んだ。そして、葉巻を深く吸うと、きららの顔まぢかに自分の唇を寄せ、葉巻の煙をきららの半ば開いた唇の上にゆっくりと流し込んだ。

きららは、口を大きく開けて、その紫の煙を飲み込んでゆく。それから口をすぼめて、ぽっと煙の輪を千尋の口元に送った。千尋は、すかさず、唇を尖らせて、白い煙の矢を発射し、丸い輪の真ん中を撃ち抜くのだ。葉巻の煙は、千尋の硬口蓋ときららの軟口蓋の間を行き来するうちに、柔らかく細かくなり、粘膜に染み入り少しずつ吸収されやがて脳髄にまで上がっていった。

周りの光景がゆっくりと回り始めた。かなり飲んだということもあるし、葉巻の濃厚な香りに酔ったようでもある。ふと、手元の時計を見ると既に一一時を回っていた。

「もう一一時ですね」

「まだ一一時よ。ねえ、この後飲み直しましょ。一二時にあがるから外で待っててね」

きららが千尋の耳元でささやいた。薔薇の花の香水の香りが葉巻の香りと混じり合い鼻孔の中を刺激する。その刺激は、千尋の脳髄と脊髄を直撃し、鳥肌が立ち、体の芯が熱く溶解していくようだった。自分の体がきららにあしらわれる大蛇か龍の様な気がしてきた。

「わかりました。外で待ってます。連れていきますから、あなたを乗せて。さっきの空飛ぶ龍の様に」

千尋は結構大真面目に言った。これまでの千尋であれば、面と向かって女性にこんな気障なことは言えなかったはずである。せいぜい日記帳に綿々と夢想的恋愛の言葉を書き綴るくらいだった。しかし、今や体が倍ほどに大きくなり外見が別人のようになったことで、その分、これまでの過度な詩的繊細さや過敏すぎる感受性といったものが薄れ、心までもが強靭にそして、ある意味図太くなったような気がした。

「あはは、おかしい、でも嬉しいわ、約束ね。それじゃ、はまゆう、そろそろよ」

彼女は、辰といちゃついていたはまゆうに指示すると千尋達の席を離れていった。そして前のフロアの別のテーブル席に移って行った。

「辰さん、どう」

「千尋さん、最高っすよ。約束しちゃった、デート」

「僕もですよ。ハハハ」

その時、さっきまでクラシック音楽を演奏していた管弦楽団が急に曲目を変え、スイングし始めた。ダンサブルなリズムでブギウギを演奏しはじめたのだ。静謐な音を奏でていたバイオリンは、突然軽快なロックサウンドに変わっていた。うきうきする音楽だ。

二人は、へらへらと笑いながらボトルの最後に残ったウイスキーを分け合い、乾杯した。

「新しい世界と新しい人生に乾杯！」

千尋が言った。

「俺の人生ほんと今夜変わりそうな予感がするぜ。乾杯！」

辰が続けて言った。

舞台の前のフロアがダンスフロアに早変わりすると、一斉に多くの男女が駆け寄り、踊り始めた。

「いきますか」

「もちろん」

二人は、既に踊り始めていたきららとはまゆうのほうに両手を振りながら、踊りの輪の中に嬉々として加わっていった。

＊＊＊

あの岬社交クラブの一夜から既に一週間が経っていた。あの夜、辰と千尋は近くのラブホでそれぞれ夢の様な一夜を過ごしたのだった。

千尋は、男と女の体の構造があれほど相互補完的に機能するとは思いもよらなかった。ふたりとも大柄で体力と精力は十分すぎるほどに有り余っていたのだ。彼の足りすぎる部分が彼女の足りない部分とまるで強力な磁石の様にものすごい力で引き合い反発し合ったのだった。そう、あの鉄板の穴の中に打ち込まれ引き上げられるトレーニング・マシンの心棒の反復運動がミシン針の様に連続して長時間行われたのだ。正に身も心も一つになるためにこれでもかこれでもかと二人してせめぎ合った。めくるめく快楽の波の中で千尋は自分があの大蛇となり、龍となり、遥かなる天空にきららを抱いて羽ばたいていくのを感じた。これまでにない初めての経験だった。日記帳にこれまでいじいじと綴っていた壊れやすく傷つきやすい青春の青臭い夢想ではない。確固たるそして確実な肉体的現実を伴った人間の本能的な営みの中で、千尋は初めて一人の男として解き放たれ、大いなる自由を感じたのであった。

きららが翌朝早く出ていったあと、千尋はまどろみながらゆっくりと起き上がった。きららは首都での公演旅行の準備があると言って慌てて出ていったのだ。千尋は、シャワーをあびるために、鏡の前にたった。鏡に映った自分の姿は見違えるようなマッチョな体躯となっていた。背中を鏡に映した時だ。背中に龍の様な模様が浮かび上がっていた。

「これは？」

おそらく昨夜のきららのひっかき傷なのだろう。うねる龍の姿は昨夜の激しいせめぎ合いの跡をくっきりと残していた。

旅館に戻ってから、千尋は再びジムでの体づくりにひたすら励んだ。そして、五週間目の最後の日の朝、千尋は、この旅館を発つことにした。旅館の入り口で、女将の美登利さんや仲居さん、ジムのトレーナーや女中さん達が見送る中、別れを告げて旅館を出た。

「ほんとにお世話になりました」

「また来てくださいね」

「女将さんのこと忘れません」

「ふふ、ありがとう。もう大丈夫ね」

「え？」

千尋は、聞き返した。

「あっ、そのことですか。もちろんです。すごく元気になって強くなった感じです」

「よかったわ。それじゃあ、グッドラック」

「はい、さようなら」

千尋は、女将さんと抱き合うようにして別れを告げた。

千尋は、旅館を後にすると駅のほうに向かった。ひと月以上ここで世話になり、休養し養生したことで、千尋は、精神的肉体的に確実に強靭となったことを実感していた。そして、これからどこに行くかも既に決めていた。まずは飛び出してきた実家に行き様子を探り、最後の別れを告げるということなのだ。

しかし、その前に、寄ってゆくところがあった。千尋は、まっすぐにあの辰のいるはずの公園に向かった。公園の前にさしかかった時だ。前回ここに来た時にあった青テントは既に跡かたもなく消えていた。

「どうしちゃったのかな？　辰さん」

周りを見ても、子供を砂場で遊ばせている子持ちの女性が二組いるだけだった。

千尋は、彼女達に訊いてみた。

「すみません、ここに以前、青テントがあったんですけど、知ってますか」

「ええ、ホームレスの人がいたところですよね。もう出ていきましたよ、その人。急に蝶ネクタイなんかしちゃって、別人みたいになって」

「そうね、結構いい男になっちゃって」

「そうですか」

「なんかあの人、今、岬社交クラブで働いているそうですよ、黒服になって。最近クラブに行った里見ちゃんがそう言ってたわ」

「そうそう。人は見かけによらないわよね。磨けば何とかなるものねえ。あたしも今度見に行ってみたいわ。あははは」

彼女達は笑いながら言った。

「そうですか、どうも」

辰は、どうやら青テントを出て、クラブで黒服として働いているようだ。

「そうだとすると、おそらくはまゆうさんとも結構うまくいってんじゃないかなあ」

千尋は少しうれしくなってきた。ところで、きららのほうは、彼女からの便りによれば、首都での公演が成功し、海外での公演にも誘われているとのことだった。彼女とは、あれほど強く結びついたのだが、その結びつきは、あくまでも、ありあまる二人の体力を消耗させることに夢中になったというところがあって、好きになったり愛しあったりという精神的な結びつきとは違ったものだった。だから彼女を自分はおそらくは探したりはしないだろうと思っていた。

「これで心おきなく旅立てるな」

千尋は、公園を出て駅に向かった。駅まではすぐの道のりだった。そして、駅につくと首都までの切符を買い、待合室に入った。待合室にある鏡をのぞくとそこには知らない自分がいた。ひと月以上にわたる毎日のトレーニングと滋養のある食事、それに温泉での療養で彼の体は三倍ほども大きくなっていた。ずっとそらなかった無精髭が結構伸びて、髪もずいぶんと長くなっている。それに、黒のスーツががっちりした体にぴっちりとはりつき、今にもはちきれそうになっている。まるで外国映画に出てくる用心棒のようだ。

「ちょっと髪切って行くかな。まだ時間あるし」

この街の特急電車は二時間ごとにやってくる。まだ一時間ほどはあるのだ。

千尋は駅の近くにある赤、白、青の伝統的渦巻き模様の目印ある床屋に入って行った。髭を揃えるのは美容院よりもむしろ床屋のほうがいいのだ。人のよさそうな恰幅のいい床屋の主人が、イスに案内してくれた。ジャケットを脱ぎ、イスに腰掛けると白い前掛けがかけられ、主人はすぐに手際良く散髪し始めた。

千尋は目を閉じた。目を閉じると自分の周りでハサミの音が聞こえ、主人の息づかいが聞こえ、両手が頭の周りで動いているのが分かる。まるで暗い頭の中にもう一人の散髪用のイスに座った自分がいてそれを外から眺めているかのようだ。千尋は、そのままうとうとと眠りこんでしまった。

「どうですか。ちょっと髪染めましょうか」

「えっ、ええ」

千尋はハッとして目を覚ましたが、あいまいな返事をして再び目を閉じた。

あごのあたりに熱いものを感じた。

「髭を揃えます」

そういうと、主人は、香りの良い髭剃り用の泡をたっぷり塗りこみ、剃刀でぞりぞりと髭を剃り、揃えていった。いい気持ちだ。

「はい、お待ちどお」

主人の声で目を開け、鏡に映る自分を見て驚いた。そこには見たこともない青年が座っていた。

「すごい、別人だ。外国人みたい」

「そうでしょう、かっこいいでしょ。西海岸のサーファーみたいで」

「ご主人、西海岸に行ったことあるんですか?」

千尋が聞いた。

「ええ、昔ね。住んでました」

「じゃあ、なぜ、ここで床屋さんやってるんです? 西海岸で店開いたりしなかったんですか?」

「わたしも定職に着くまでは、いろいろ放浪したんですよ。でも最後には家内がやってたこの床屋にやってきて、ここで修行してね、それでこうしてやってるんです」

「へえ、奥さんのお店なんですか。ところで奥さんは?」

「とっくにあっちのほうにいってしまいました」

「そうですか。やっぱり、床屋さんのほうが安定してますか」

「そりゃそうです。結構合ってるんですよ、私には。この髪を切るってことが。はい、できあがり。お客さん、カジュアルなほうが合いますよ。この髪と髭にはね」

主人が椅子から立ち上がった千尋の肩や背中の髪の毛を刷毛ではたいてくれた。そして主人が着せてくれるジャケットに手をいれたが、ものすごく窮屈さを感じた。体が既に大きくなりすぎていて入らなくなっているのだ。無理やりジャケットを羽織ったら、びりって背中の真ん中がぱっくり割れてしまった。

「あっ、破れた」

「あらあら」

「お客さん、ズボンも破れてますよ」

「ほんとですか」

千尋は驚いてズボンのお尻をさわった。確かに破れていた。しかも縫い目にそって縦に裂けたのではなく、縫い目に直角に横に裂けていたのだ。

「小さすぎますね、このスーツ」

「いや、僕が大きくなったんです。へへへ」

「お客さん、駅の近くに紳士服店がありますから、寄っていかれたらいいですよ」

「ええ、そうします」

そういうと千尋は、勘定を払い、店を出た。

頭と顔は爽快だが、破れたジャケットとズボンは、何とも恥ずかしい。

千尋は駅のほうに向かい、その店を探した。

「あった」

駅前の通りに、メンズ・ブティックという看板が目にとまった。

地方都市によくある服飾店だ。オーダーメード承りますという青地に白の文字の紙が貼ってある。千尋は、その店にお尻を手で覆いながら小走りに入って行った。

店の中に入ると、スーツの生地が一方の壁一面の棚に並べられ、他方の壁にはスーツがいくつも吊るしてあった。また、スーツやジャケットを羽織ったいくつかのマネキンが置いてあった。店の雰囲気は若干垢ぬけない田舎の洋品店の外観とは似つかない高級感あふれる落ち着いた感じだった。店の奥からやはり落ち着いた感じの紳士がやってきた。

「この際、スーツを一新しよう。新しい髪型には新しいスタイルが必要だ。いっそ全然違うワードローブにしてみるか」

千尋は、店の主人である紳士にその旨を告げた。

「分かりました」

主人は千尋の姿全体をさっと見た後、

「それでは、こちらがよろしいかと」

そう言って白っぽい上下のスーツを勧めた。

鏡の前で、ジャケットを着てみた。いい感じだ。スムーズに腕が入り、厚くなった胸板を柔らかに包んでくれる。楽に呼吸ができそうだ。サイズはＸＬだ。これまでのＭサイズはもう小さすぎる。

「ぴったりですね」

「はい。じゃあ、これでズボンやシャツ、ベルト、靴、靴下も全て揃えてもらえますか。それから、すぐにこれを着てゆきたいんです。今着ているスーツは破けてしまってもう使えませんから」

「わかりました。すそ上げをすぐにしましょう」

ズボンの長さを合わせると、すそ上げは二〇分くらいで出来上がった。

店主は、千尋に白のスーツに白い靴、青いシルクのドレスシャツに青い胸ポケットチーフ等完璧なワードローブを揃えてくれた。黒いサングラスもかけることにした。

そして、サラリーマン風の破れた黒の上下のスーツとリュックサックは、店で買うことにした白い大きな有名ブランドの旅行鞄の中に詰め込んだ。

「良くお似合いです」

店の紳士にそう言われた。千尋は、ほほ笑みながら、現金で支払いを済ませ店を出た。総額は結構な値段となった。店を出て、駅に戻り列車を待った。あと一〇分ほどで列車がくるのだ。

駅のガラスにうつる自分の姿は、グラサンに白っぽいスーツ姿であるが、威嚇的でも嫌味でもなく、悪趣味の印象もない。むしろ精悍さが漂っている。芸能人かあるいはミュージシャンかもしれない。しかも外国のミュージシャン風だ。

「ちょっとキザかな。でももうこの際ホントに別人になったほうがいいかもしれないな。だって昔の自分はもう消えたことになってるし……」

やがて汽笛を鳴らしながら特急列車がやってきた。千尋は駅のプラットホームに立った。

その時、うしろのほうから「千尋さん、千尋さん」と声をかけて走って来る男がいた。

振り向くと黒のコートに蝶ネクタイで茶髪の男が駅の改札口で息を切らせて手を振っていた。

「おお、辰さん」

千尋は、改札口まで戻り、辰に呼びかけた。

「走ってきたの」

「千尋さん、間に合ってよかった」

「よくわかったね、今日の出発」

「水臭いよ、千尋さん。今日帰るって美登利さんからたまたま聞いてね。それで走ってきたんすよ」

「僕、あんまり別れって好きじゃないから」

「千尋さん」

辰は、千尋の目を見据えて呼吸を整え、真面目な顔をして言った。

「千尋さん、ありがとう。俺、今、岬社交クラブの黒服やってるんです。もう青テント暮らしはやめました」

「そうだってね、よかったじゃない」

「俺の白っぽい目が今風っていうことで、はまゆうさんが店の幹部に話してくれて、それで社長さんの目にとまって、すぐに黒服に採用されたんですよ。これも千尋さんのおかげです。だからお礼が言いたくて」

辰は両手で千尋の手をしっかりと掴むと上下に揺すった。

その時、駅のブザーが鳴り列車のまもなくの出発を告げた。

「辰さん、達者でね」

そう言って千尋は、辰の手をほどき、旅行鞄を持って列車のほうに走り、昇降口の取っ手を掴むと列車に飛び乗った。

「千尋さ〜ん」

辰の叫ぶ声に、千尋は振り向いた。

「人生って一夜で変わるもんですね。ありがとう」

そう叫びながら辰は両手を懸命に振った。

ドアがすぐに閉まり列車は発車した。ドアの窓越しに、手を振る辰の姿が少しの間だけ見えた。その姿が消えた後、千尋はグリーン車を目指して列車の中を歩いて行った。最後尾の車両だ。自分の席を見つけると、白い鞄を網棚に押し込み座った。これまで座ったことのない広いグリーン席のシートだ。横の席には誰も座っていない。千尋はひとしきり背筋を伸ばすと窓に映る自分の姿と海の景色を確認し、ゆっくりと目を閉じた。

＊＊＊

特急列車と連絡船を乗り継ぎ、更に駅前のビジネスホテルで一夜を明かした後、再び乗り継いだ特急列車は、翌朝一〇時半頃ようやく首都に着いた。やはり首都までは遠かった。

千尋は、駅のコインロッカーに白い鞄を入れると迷わずタクシーを拾い、実家の母親の家に向かった。もう何年も会っていない母親がどうしているのかを見届け、最後の別れを告げようと考えていたのだ。

タクシーは、駅から三〇分ほど走ると、住宅街の一軒家の前で止まった。家の周りの外壁には、大きな花輪が三つたてかけられていた。門の中を覗き込むと喪服をきた男女数人が机や椅子を片付けているところだった。葬儀の後片付けの様である。

「葬式だったのか。えっ？　もしかして僕の？」

千尋は、驚き、門に近づき、サングラスを外すともう一度、中を覗き込んだ。

その時だ。門の傍にいた黒い和服の喪服に身を包んだ初老の女性が驚いた様に声を上げた。

「あれまあ、千尋ちゃん」

「えっ、誰？」

それは、叔母の晴海だった。

「生きていたのかい、千尋ちゃん」

「いや、僕は千尋じゃないから。駿一郎だから」

「駿一郎？　それにしてもまあ、千尋ちゃんそっくりだわね。体つきは全然違うけど、目元と鼻のあたり」

「そりゃ、誰だって、目が二つ、鼻が一つ、口が一つあるところは似てるっしょ」

「そうだけどね。不思議なことがあるもんだね、世の中って。でも、あんた千尋の友達でしょう。だったらちょっと寄って行ってあげてよ。千尋のために拝んで行っておくれよ」

「ああ、まあいいですけど」

叔母の晴海に言われるままに千尋は、門の中に入っていった。

門の中では喪服の親戚達が立ち話をしていた。既に葬式は終わった後であった。

家の玄関から靴を脱いであがった。家の中の広間の祭壇には、自分の高校時代の写真が飾られていた。ニキビ面に黒の学生服の襟をきちんと留めてまっすぐ前を向いた写真だ。

「これ、高校の卒業アルバムの写真だ」

他にないのかな、もっといい写真があるはずなのにと思ったが、考えてみれば、大学時代そして社会人となってからも親と一緒に写真はとったことがなく、自分の写真も一度も親に送ったことがなかったことに気が付いた。叔母の晴海に促され、千尋は、祭壇に近寄り、線香を上げた。そして、チーンチーンって祭壇の鉦を鳴らした。

その時だ。

「千尋、千尋じゃないか」

そう叫びながら女性が後ろから走り寄って来た。

「えっ」

振り返ると、それは母だった。

「千尋」

しかし自分が千尋だとは言えない。

「すみません、人違いです。僕、千尋じゃないから。友達の駿一郎」

「まあ、よく帰って来たねえ」

母は千尋のいうことにはお構いなく、千尋を両手で掴み、顔にさわる。

「生きてるって信じてたよ。気が弱いお前だけど、命を無駄にするようなことだけはするはずがないもの。それに、南の小村の北極星の見える裏山の糸杉なんてないんだから、お前が生きて帰って来ると信じてたよ」

そういってなおも千尋の顔を撫で続ける。

そのうち、親戚一同が近寄って来た。

「おお、千尋だ。戻って来たんだ。千尋が生きて帰ってきたぞ」

「そうだな、しかし、体格が違うんじゃないか」

「きっと育ったんだよ。知らないうちに」

千尋を取り囲んで母親や親戚五、六人が囃したてるように口々に言った。

ここで、千尋だと明かしてしまえば元も子もなくなると思い、千尋は怒鳴った。

「いい加減にしてくれ。僕、いや俺は千尋じゃない。駿一郎だって言ってんだろうが。冗談じゃないぜ、死人と一緒にするなんて。俺はどざえもんじゃねえんだ。何だいこいつ」

そうべらんめえ調で叫ぶと、回し蹴りで、高校時代の自分の遺影を蹴り飛ばし、祭壇にかかと落としをくらわした。祭壇はそのまま崩れ落ちていった。

そして、母親の腕を振りほどき、「ごめん、母さん」って心の中でつぶやきながらも「失敬な、帰る!」ってくだを巻いて、唖然とする親戚達を残し、そのまま玄関を出ていった。

「何なんだ一体」

千尋は興奮しながら、大股で母親の自宅を離れていった。そして、通りかかったタクシーを呼びとめるとその中に飛び込んだ。

「小波通りの三角ビルまで」

そういうと腕を組んで、座席に腰を落とした。

「やっぱり葬式やってんじゃないか。僕は死んだことになってるんだ。いまさら生きてるなんて言えないよ。戻れない。これじゃあ、もう僕は戻れない。絶対戻れない」

一人でぶつぶつと呟き、それぞれの呟きに決意を込めながらひたすら呟いていた。

タクシーは、既に大通りに面したオフィス街に入っていた。

オフィス街でも一際のっぽの真っ白いビルが千尋の勤めていた三角ビルである。

「お客さん着きましたよ」

タクシーはビルのまん前で止まった。

タクシーを降り、ビルの前に立ち、サングラスをかけなおした。毎日通ったビルだ。雨の日も風の日も。しかし、このまま入っては行けない。自分はいなくなったことになっているのだから。

「そろそろお昼だな。いつものレストランで待つことにしよう」

千尋は、ビルの横にあるレストラン街に向かった。そこはいつも会社の同僚達が昼食をとるところだった。千尋は、自分で買ってきたサンドイッチやおにぎり、お弁当とかを一人で食べることが結構多かったからあまりレストランにはいかなかったが、それでもお茶とかは飲んだりしていたのだ。

「誰かいるかもしれないな、知り合いが」

千尋は、レストラン街の魚料理専門の定食屋に入っていった。結構込んでいる。さんまや鮭やサバやタラや鱒まで、いろいろな種類の焼き魚が楽しめるところだ。

千尋が通ったことのある数少ない店の一つだった。中は少し煙たい。その場で魚をあぶったり焼いたりするからだ。千尋は、定食屋の隅の小さなテーブル席に壁を向きながら座った。彼の後ろには、色々な会社からの社員達がテーブルを囲んでいた。

「鱒、お願い」

注文を取りに来たウエイトレスにそう頼むと、彼女が持ってきたお茶の湯呑に口をつけた。

熱いお茶だ。お茶を飲んでいると、後ろのグループが出てゆき、入れ替わりに新しいグループが座った。

「空いたよ、ここ」

「ラッキー」

「座ろ、座ろ」

「あたし、鮭」

「じゃあ、あたしも」

「僕も」

四人組の会社員だ。

「経理部の篠崎と黒田、それに真弓と律子か」

千尋の元同僚達だ。彼が昔いたところだ。

「はい、どうぞ」

鱒の焼き物が出てきた。ご飯とお味噌汁とおしんこが付いている。

千尋は、無言でそれらを食べ始める。結構おいしい。魚を食べることはそれはそれでバランスの良い栄養を体に与えることとなるのだ。ここひと月以上、筋肉を太らすためもあって、意識的に肉料理を中心にとっていたから鱒料理は妙に新鮮だ。しかし、体が大きくなった今は、料理の量が少なすぎて物足りなさを感じてしまう。

後ろのグループにも料理が出された。

「わあ、きたきた、頂きます」

それぞれ食べ始めた。

「うん、いけるね。この鮭」

「北の海の鮭だろうね」

「北の海か、海と言えば、あれだな、あれ。南だったけどさ」

「ああ、あれか」

「あれ、つくづくいやな事件だよね」

「迷惑な話よね」

「そうだよな。あれでさ、長峰次長辞めちゃったんだから」

「そうなの？」

「そう。今日、辞表提出したってさ」

「警察の事情聴取もあって、会社幹部からのプレッシャーもあったんじゃないの？」

「仕事に厳しい次長のことだから、責任感じたんだろうな」

「ああ、次長は、厳しいこと言うけど、仕事は筋が通ってたからな。結局あいつがそんな次長についていけなかっただけなんだよ」

「彼、異常にナイーブだったからね」

「経理部から営業部に移ってから、急に喋らなくなっちゃったしね」

「あいつには合ってなかったんだよ。顧客開拓するには、いろいろ喋ったりしなきゃならないからね。あいつそんなの苦手だったから」

「結構、いや、ものすごく考えて内にこもるタイプだったわね」

「そう、考え詰めすぎるんだよね。手堅いタイプなんだけどな、経理じゃ仕事は普通にこなしてたしね。最後、遺書にもきちんとコレからやるべきこと書いてあったって言うじゃない」

「あれが人生最後のロジブックというわけだね」

「そう、彼一世一代の最後で最高のロジブックだ。あはは」

「ははは、全くそうだ、最高のロジブックだ」

それから皆ひとしきり笑った。

千尋は、むすっとしながらも聞き耳を立てていた。

「ところで、今度、カラオケいかない？　新しいお店見つけたんだ」

「どこどこ？」

話題が急に変わった。そして、わいわい話しながらランチを平らげると、すぐに勘定書を持って、レジに行き、支払い、店を出ていった。

「相変わらず早いな。五分もたってないよ」

千尋は、彼らが帰った後も、鱒定食の小骨を皿の上に並べたりしながら、ゆっくりと食事を続けた。そして綺麗に食べ終わって、席を立ち、お勘定を払うと定食屋を出た。しかし、何か物足りない。やはり魚料理だけでは、今の彼の大きくなった体を保持するには不十分なのだ。

「もう一軒行くか」

近くのハンバーガー屋に入り、ビッグバーガーにコーク、ポテト、アップルパイを頼んだ。

そして、やはり壁に向かった席に座り、一人で食べ始めた。

その時、後ろのほうで男三人のグループが大きな声で話をしていた。話の内容は大きな声のため丸聞こえだった。

「長峰次長辞職だってよ」

「ひどいよね。そんなにひどいことしたわけじゃないのにさ。仕事ができて、ずいぶんと会社の収益増に貢献したんだよ、次長。なのにさ、あんなことになって可哀そうだよ」

「遺書で非難する前に、なんで自分の口から直接言わなかったんだ。不満があるんだったら直接次長に言うべきだよ」

「かなわないよな、あんなことされちゃさあ、いくらナイーブだからって。俺達も職場でずいぶん気を遣ってたんだから」

「毎日できるだけ話しかけてたしな。でもさ、大体あいつ一体何考えてるかわからないし、笑わないし、朝、花瓶に花生けたり、女子社員さしおいて、人のお茶入れたりして、結構不気味だったからね。身の上相談してあげようにもできる雰囲気じゃなかったよね」

「次長は、仕事のことでは厳しくあいつを叱責してたけど、一度だってプライベートなことで叱責したり馬鹿にしたりしたことはなかったよ。まあ、服装のことは注意してたけど」

「そうだよ。あいつのほうが何にも返事せずに、どんどんひきこもっていったんだから」

「たまんねえよな。やりきれないよ。この世を見限って去ってくのはいいんだけどさ、人のせいにするなっての、自分の問題をさ」

同じ課の同僚達だ。清瀬に平塚に山梨だ。

「あいつら、勝手なこと言って。僕が助けを求めた時には、何にもしてくれなかったのに。いつも、〝次長の言うことには従ったほうがいい、我慢するんだ〟の一点張りだったんだから」

千尋は、ハンバーガーを手で握りつぶし、ぐちゃぐちゃにすると口の中に放り込んだ。

さんざん千尋の悪口を言ったあと、元同僚達はハンバーガー屋を出ていった。

もちろん千尋に気づくはずもない。

「やっぱりな、悪者は僕なんだ」

ちょっと落ち込んでしまう。

「しかし長峰次長が辞職したことは、僕の成果だったとはいえるね。だって、あの次長は、仕事のことだけじゃなくて、話し方から服装や、ライフスタイルまで僕のプライベートなことに何から何までけち付けて文句たらたらだったから。ああ、思い出すだけで眉間にしわが寄ってきそうだ。辞職してしっかり懺悔してろ」

千尋は、むっとしながらコークを飲み、アップルパイをかじった。怒りながら食べているからなのか味はあんまりおいしく感じない。しかし、確実にエネルギーが蓄積されていくのは感じる。

その時、床の上に傘がころがっているのに気が付いた。

「あいつらの傘か」

千尋は、席をたち、その黒い折りたたみ傘を取りあげるとハンバーガー屋を出た。出口で店員が赤いガムを手渡してきた。其れを受け取り外に出て周りを見回した。

ハンバーガー屋の斜め前の交差点で元同僚達が信号を待っているのが見えた。

「どうするかな、これ」

千尋は、一瞬躊躇したが、やはり手渡すことを決心して、サングラスを取ると早足に彼等のほうに歩いて行った。

「あの、これ忘れ物ですよ」

そう言いながら、千尋は、傘を持って、彼等のほうに近づいて行った。

千尋の近づいてくるのに気付いた三人の顔色が変わった。

「わあ、千尋」

「死んだんじゃなかったのか」

「うわ、おばけだ」

三人は、うろたえて、信号から離れようとした。

千尋は、傘を手渡そうとしてずんずんと小走りに彼等のほうに歩いてゆく。

「来るな、千尋」

「うわーっ、逃げろ」

三人は、青になりきらない赤信号でそのまま横断歩道を走って渡ろうとした。

その時だ。

ゴツンっていう鈍い音を立てて三人の内の一人が宙をとんだ。山梨だ。

止まり切れずに横断歩道を横切ったタクシーのボンネットの上で山梨の体は反転し、フロントガラスにしこたま頭を打ち付け急停止したタクシーの前に転がり落ちた。

「山梨」

「大丈夫か」

車の間を縫って横断歩道を先に渡った二人が横断歩道の向こうから呼びかけた。

歩行者用信号は赤のためトラックや車が横断歩道を走りぬけていて、戻れないのだ。

千尋は、道路に仰向けになり、後頭部から血を流し、気を失った山梨のところに駆け寄った。手を額にあてると温かい。息はしているようだ。

「なんで急に飛び出してきたりするんだよ。自殺行為だぞ」

そう息巻きながらもかなり狼狽したタクシー運転手が千尋の肩越しに言った。

「かなりの出血だ。すぐ病院に行かないと」

「病院は、すぐそこにあるよ。けど反対方向だから、タクシーじゃ運べない」

タクシー運転手が病院のほうを指をさして言った。

「救急車呼ぶより、運び込んだほうが早いよ」

「よし。私が病院まで運ぶ。運転手さん警察呼んで、後で病院に連れて来て」

そう言うと、千尋は、山梨の体を軽々と持ち上げ、一目散に病院のほうに走っていった。集まりかけていた野次馬の間を猛スピードで駆けて行った。

そして、病院の救急病棟に走り込むと、大声で助けを呼んだ。

「救急患者だ」

すぐに病棟の扉が開き、患者を乗せるストレッチャーが運ばれてきた。

千尋が山梨の体をそこに乗せるとあっという間に手術室のほうに連れて行った。

救急病棟で待っているとやがて、タクシーの運転手と警察がやってきた。そして清瀬に平塚達もやってきた。

警察が、それぞれに事情聴取してゆく。

「あの人が、亡くなった同僚に似てて、追いかけて来るので驚いて逃げようとして赤信号をつっきったんです」

「そうですか。でも何で逃げる必要があるんです」

警察が尋ねた。

「いやね、亡くなった同僚というのが、何と言うか」

「何です?」

「それが、自殺しちゃったっていうか自殺に追いやられちゃったって状況にあったようで、遺書か何か遺してて……」

「ほう」

「それで、何か俺達同僚がいじめたみたいに書かれてたから、てっきり恨んで幽霊になって追いかけてきたのかと……」

「ははは」

警官が呆れたように笑った。そして、千尋に訊いてきた。

「そうなんです？」

「馬鹿げてる。他人の空似でしょう」

千尋がきっぱりと言った。

「私は、ハンバーガー屋に忘れた傘を渡そうとしただけですけど」

「ああ、そうだったんだ。てっきり俺達を追いかけて来ていると思ったから」

「その同僚って私に似てるんですか？」

「ええ、目鼻立ちが結構似てるんです。まあ、体格は全然違いますけど」

「他人の空似ですね。それに何かやましいことがあるとちょっとのことでうろたえたり挙動不審になったりするんです。そうすると事故につながったりしますよ、ですから気をつけて下さい」

警官が言った。

「はい、わかりました。いやあ、ほんと、その通りだと思います。俺達の勘違いでした。すみません。それに山梨を助けてもらって有難うございます」

平塚と清瀬が千尋にぺこんと頭を下げた。

その時、病棟の中から医者が出てきた。

「先生、どうなんですか、山梨大丈夫ですか」

「大丈夫です。肋骨と右腕を骨折し、頭を打って額を切り、かなり出血していますが、脳に異常はありません。手当てが早かったからよかった。しかし、暫くは入院ですね」

「よかった」

千尋は、山梨の無事を聞いて、安心し、傘を平塚に手渡すと、警察にも挨拶してその場を離れた。平塚達は、何度も非礼を詫び感謝の言葉を口にしながら手を振った。

後の処理は、警察と運転手とやがてやって来るはずの山梨の家族で行われることとなった。

千尋は、病院を出て、さっきのハンバーガー屋の前まで来ると店員からもらった赤い色のガムを口の中に入れた。甘いアセロラの味がした。

「会社との変な幕切れだな。まあ、これで会社の連中とはふっきれた。よし、今度は、ひとみさんとこに行ってみるか」

そうつぶやくと千尋は、道路際に立って、向こうからやってくるタクシーに右手を挙げた。タクシーはすぐに千尋の前で停まった。向かう先は元彼女のアパートだ。

「下川町まで」

そう運転手に告げて後ろの座席にダイビングするように飛び込んだ。ずしんと音を立ててタクシーがバウンドした。それから、背を伸ばすと座席に体を沈めた。

下川町は、名前の通り、川の下流にある。川幅はそれほど広くない。川の両側に小さな木造の家が密集して建ち並ぶ古くからの町だ。長屋風の家々があり、良く言えば昔の街の風情や趣があるのだが結構貧しさが目立つ町でもある。電信柱が延々と川に沿って生えるように立ち並び、そこからクモの巣の様な電線が四方八方に広がっている。結構盗電とかもあるんじゃないかとも思えてくる。街全体が妙にうら悲しい雰囲気に包まれていて全く活気が見られない。歩く人々も年配から老人が多く、若者はほとんど見られない。そんな下川町の安アパートに彼女は住んでいるのだ。

彼女の名前は、虹川ひとみ。とても瞳が素敵な女性だと千尋は思っている。

彼女は、この寂れた町の片隅のクリーニング店で社会から逃れ、できるだけ目立たずに隠れるようにして、地味で根気のいる仕事である服の修繕やボタン付けをしていた。やぼったいルーズなワンピースを着て、おかっぱ頭にふっくらとした幼顔が千尋にとってはとてもかわいく、印象的な女の子だった。しかし、他の人に与える印象はおそらくはもっと違った、むしろ印象の薄いものかもしれない。

たまたま出張があって、その仕事の帰りにクリーニング店に立ちよってジャケットの取れかけたボタンをつけてもらったのが知り合うきっかけだった。その後、千尋は機会あるごとにクリーニング店にシャツやジャケットを持ちこんだ。ボタンの糸を意図的にほぐして、何度もボタンを着け直してもらった。その間に何度もメールアドレスを教えラブレターを書き、時には花を届けたりして、やっとデートにまで誘い出したのだった。型どおりのぎこちないデートを二度ほど重ね、彼女の家まで送り届けるまでの仲になったが、あくまでも、手もつながないくらいの清い交際でプラトニッククラブといってよいものだった。彼女の住むアパートの前でいつも手を振って別れ、一度も部屋の中に入ったことはなかった。それでも、音楽や読書の趣味が結構一致していて、千尋の独りよがりの思い入れ話も結構フォローしてくれた。彼にとっては、既にかけがえのない恋人となっていたのである。

「どうしているかなあ、ひとみさん。あの遺書に書いた通り、フラット・マンドリン彼女に届いているのかなあ」

千尋は、タクシーの中で少し心配になり、ハンバーガー屋を出る時に店員から渡されたガムをもう一個取り出すと、噛んで気持ちを落ち着かせた。

高速を降りたタクシーは、川の傍の狭い道路を走り始めた。川は道路の下、数メートルのところにある。川底は真っ黒でヘドロがたまっていて、どぶの臭いがかすかに漂っている。車は路地の中に入り、路地際のどぶ板の上をカタカタと音をたてて走り抜け、やがていかにもわびしい商店街の前に出た。もうすぐだ。

「ああ、あそこです。あの、突き当たりの土手の上のアパート」

道路の突き当たりは、斜面になっていて、コンクリートで固められている。そこに、階段がついていて、そのコンクリートの斜面の上に、二棟の二階建て木造アパートが並んでいた。そのうちの一つが彼女の住んでいるアパートだ。

千尋は、斜面にある階段の前でタクシーを降りた。そして、そこからコンクリートでできた傾斜のある長い階段を上り始めた。川のある町がすこしずつ眼下に見えてくる。川と並行して電車も走っている。川の周りには古い家々が息苦しげに密集していて、おそらく電車が通るたびに窓ガラスとかが震えるのだろう。斜面の更に上のほうには、若干緑もある住宅街が広がっているが、彼女のアパートは、その下にある。いわば、下層の川辺の狭苦しい家々と上層の閑静な住宅街の中間に位置する場所にあるのだ。午後の明るいはずの日差しも、夕方の鄙びて柿色にくぐもった日差しのようで、どうしようもないうらさびしさを帯びていた。

階段を登りきると、木造アパートの前に出た。第一下川荘、第二下川荘という看板が立っていた。ちょうど午後三時だ。千尋は、手前の第一下川荘の一番奥の棟に通じる鉄筋でできた階段の前に立った。

「ここだ」

彼女の部屋は二階にある。二度ほど、夜、彼女を家まで送り届けるためにここに来たことがあった。暗い階段で何度もつまずきそうになったことを覚えている。

千尋は、躊躇なく階段をかけ上って行った。階段を上りきると四部屋に続く廊下がある。彼女の部屋は一番奥の部屋だ。廊下をゆっくりと歩いてゆく。眺めは非常にいい。高台から下のほうには、ゆっくりと蛇行する黒い川があり、その周りには、密集する家屋や町が延々と広がっているのが見える。やがて彼女の部屋の前に着いた。部屋の扉には、虹川という煤けた表札が付いていている。扉の前に靴底の埃を取るための灰色のカーペットが敷いてある。

千尋は扉をトントンとたたいた。

「ひとみさん、ひとみさん、います？」

返事はない。窓は、レースのカーテンと柿色のカーテンの両方が閉められており、部屋の中は見えない。

「いないのか」

千尋は、少しがっかりして戸口に少しの間立ちつくしていた。しかし、彼女が、結構早い時間に仕事を終えて帰宅するということ、そして、帰宅した時に戸口の前に敷かれたカーペットの下に隠してある鍵を拾って扉を開けていたのを思い出した。

「もうすぐ帰って来るだろう。それに、鍵はまだここに置いてあるのかもしれないな」

千尋は灰色のカーペットをめくった。

「ビンゴ！」

黒っぽい汚れた鍵がそこに置いてあった。

「結構不用心だな」

そう言いながら、千尋は、その鍵で扉を開けた。そして、そのまま中に入った。

大胆すぎる行動ではあった。これまで、彼女を扉の前まで送り届けたことはあるが、中に入ったことは一度もなかったのだ。へたをすると家宅侵入の一歩手前ではある。

「鍵はもとのとこに置いておこう」

鍵をカーペットの下に戻すと、扉の中に入り、ドアのノブを後ろ手で閉め、鍵ボタンを押した。これで扉の鍵はかかったままだ。開けたことは外からは分からない。

部屋の中には、靴を脱ぐ場所があり、六畳ほどの居間があって、からかみの閉まった奥の部屋が続いていた。千尋は靴を履いたまま中に入り込んだ。いざという時にすぐに逃げられるようにするためだ。

部屋の中は非常に質素だ。飾りといえば、唯一、小さな台所と居間を隔てるために取り付けられている白字に金魚の絵が描かれた暖簾があるくらいだ。台所の隣がバスとトイレになっていて、トイレの扉には白い手拭が掛けてある。そして居間には丸い木製のちゃぶ台とそのまわりに赤い座布団が二つおいてあり、ちゃぶ台の上には、造花の入った透明の小さな花瓶と黒い鉄瓶が置いてある。画面が小さい割に後ろに大きく張り出した年代物のテレビもある。煤けた白壁には生花カレンダーが画鋲でとめてあり、カレンダーの両肩の縁がゆるんで垂れ下がっている。居間の奥の窓の外には、タオルやシャツといった洗濯物が干してあるのが見える。

「普通の部屋だけど、かなりわびしさが漂ってたりして」

千尋は、女性の部屋にしては妙に華が無いなとちょっとがっかりしながら、奥の部屋のからかみを開けた。

「なんだこれ?」

千尋は驚きの声を上げた。そこは質素な居間とは対照的なド派手な部屋だった。ベッドのシーツは桃色、枕カバーが紫、毛布が黄色に豹柄、ベッドの飾り枠が黄金色、カーテンはショッキング・ピンク、ベッドルームの端にあるプラスティックのクローゼットが銀色にピンクのミジンコ模様、カーペットが空色、天井からは真っ赤なクリスタルのシャンデリアが下がり、鏡つきのナイトテーブルは純白に金の花模様だ。そこは、目がチカチカするようなサイケデリックなベッドルームだった。

「ケバいな、これは」

その上、壁には、筋肉隆々の上半身裸のボディービルダー達の写真が所狭しと壁一面に貼り巡らされていた。

「すごい、ひとみさん、こんなのが趣味だったの?」

彼女の地味でつつましやかな外見との落差があまりに大き過ぎ、千尋はしばし呆然としてベッドのそばで立ちつくしていた。

その時だ。笑い声が聞こえた。確かに彼女の笑い声だ。しかし、一人ではない。彼女の鈴の音の様な笑い声に呼応して野太い笑い声が混じっている。

「男か」

その笑い声はだんだんと近付いてくる。

千尋は、からかみを閉めると逃げ場を探した。ベッドの下か、窓の外か、それとも……。

「クローゼットの中だ」

クローゼットのジッパーを下ろし、中に入る。香水と繊維とナフタリンの混合した匂いに立ちくらみそうになりながらも、ミニスカートや赤い革ジャンの間に顔をかくし、内側からジッパーを引きあげてクローゼットを閉めた。

すぐに玄関の扉が開く音がした。

「がまんできねえよ、ひとみ、もう、さあ、はやく」

「だめよ、あせんないで」

二人は、おそらくはじゃれ合いながらからみ合って居間に転がり込んできたのだろう。

ちゃぶ台にぶつかり鉄瓶が転がる音がする。そして、唇と唇が触れ合い、吸い合う音、もどかしくボタンをとり、服を脱ぐ音まで聞こえる。

「ひさしぶりだな、おお、このやわ肌」

「きゃああ、だめよ、ヒロシ。洗ってないから」

「いいんだよ、お前の匂い、野生の匂いが一番だ」

「やだ、変態、あはは」

千尋は、クローゼットのジッパーの隙間から外を見た。ベッドルームのからかみは閉まったままだ。

「なんで、ベッドルームでやんないんだ。居間でだなんて」

ベッドルームに入ってこられると自分を見つけられ、まずいはずなのに、隣の部屋で音だけ聞かされるというのも元彼としては、つらいし、結構情けないものだ。無力感に打ちひしがれながら千尋は、ひたすら時の過ぎるのを待っていた。

しかし、なかなか終わらない。

「あう、ヒロシ、まるで暴れ馬ね。はねてるわ」

「怒張のヒロシたあ、俺様のことだい、へへへ」

「でも、やさしくよ、ほら、ここ」

ああとかいいとかうとか言葉にならない言葉を発して、しかも二人で言葉をシンクロナイズしながら最後はびくびくっていうからかみを揺らす振動を発して、やっと静かになった。

「終わったか」

千尋は、聞き耳を立てるのをやめ、憤然としてクローゼットの中に座り込んだ。

「ったく、何て女なんだ、ひとみって。ひっそりと控え目で出しゃばらない、内気で純朴な田舎娘だとばかり思ってたのにとんでもないな。まあ、そう思い込んでた僕の偏見かもしれないけど。元々彼女は、すんごく派手で奔放な女で、たまたま地味な格好で裁縫してるだけだったのかもしれないな。まあ、どちらのスタイルを選ぶかは彼女の勝手だから僕や他人がとやかくいうこともないのか……」

そんなことを考えていた。そのうちシューシューとお湯の沸く音が聞こえた。鉄瓶でお茶でも沸かして飲んでるのだろうか。

「ヒロシさあ、警察からこんなものもらっちゃった」

「なになに」

彼女がゴトゴトと音を立てながら何かを取り出してきたようだ。

「ほら、これ」

「おお、これフラット・マンドリンだぜ」

「土生千尋のよ」

「土生千尋ってお前の元彼か?」

「彼氏ってほどでもないわ。お店にいつもきててボタンつけてあげてたら、そのうち食事に誘ってくれたのよ。二、三回デートして、まあ、手をつないで歩くくらいだったけど」

「おててつないで、おままごとか」

「何かさ、すごい奥手でナイーブなんだけど根暗なのよ、気持ち悪いくらい。だから何か気味悪くって、深い付き合いに入れなかったのよ」

「それで、なんでお前がこれもらうんだよ」

「遺品だって。千尋の形見」

「何だ、死んじまったのか、そいつ」

「飛び降りたんだって、崖から。それで遺書にこの楽器をあたしに渡すようにって書いてあったんだって」

「気味悪いな。でもな、このマンドリン結構年代物だぜ。外国の有名メーカーのだし」

男がジャランと弦を弾いた。チューニングされていない不快な音がした。

「そうなの?　でも、あたし弾けないからもらっても仕方ないんだけど」

「いいんじゃないの、とりあえずもらってて。あとで、質屋に出せば結構するかもよ」

「そうね。そういう手もあるわね。はは、ヒロシってわりと頭いい」

「わりとじゃねえだろ、結構いい頭してんだよ。それにさ、お前とそんな深い仲じゃないんだったら、遺品なんて置かないほうがいいからな」

「ヒロシったら、あたしのこと心配してくれてんの？」

「まあな」

「うれしい」

そう言ってまた、ごそごそガタガタ始まってしまった。それから、三〇分くらいして、二人は部屋の外に出ていった。

クローゼットの中で半分ふてくされ、半分あきれて、うとうと眠ってしまった千尋だったが、あたりが静かになったので、おもむろにクローゼットのジッパーを下ろし、ベッドルームを出て、居間に入った。座布団が乱れ、青臭い臭いを放つティッシュが塵箱に山積みになって捨ててあった。

「ったく、何てことだ。僕の純愛って一体何だったんだろう」

千尋は、ぶつぶつ口ごもりながらドアの鍵ボタンを押し、後ろ手に玄関のドアを閉めると部屋を出た。廊下を通り、アパートの外に出て、ひとみ達がいないことを確かめると階段を坂下のほうに下って行った。

＊＊＊

どのくらい歩いただろうか。千尋は、黒い川沿いにはしる道を歩いていた。真っ黒い水が流れる川を右手に見ながら歩く。確か、この道はひとみと一緒に手をつないで歩いた道だ。しかし、一緒に歩いた時は、これとは反対方向に歩いていた。だから風景の感じが全く違うのだ。あの時は、アパートの小山が見え、澄んだ空が見え、道端の野草が揺れていて全てが希望に満ちているように見えた。しかし、今日は、どす黒い川面しか目にうつらない。右から見る風景と左から見る風景は同じ風景でも全く違って見えるものなのだ。

「彼女がビフォアとアフターで全然違うのと同じだ。僕は前の彼女が好きなのか後の彼女が好きなのか……」

千尋は自嘲気味につぶやきながら、歩いていった。

ふっと目をあげると、傾き始めた柿色の太陽がスモッグにかすんで見えた。あたりは急速にスモッグに包まれていった。スモッグは、黒い川面の上を覆いながら、ゆるやかに拡散してゆく。

「このあたりには製紙工場があったな」

スモッグはそこの煙かもしれない。川幅が少しずつ広くなってゆき、黒い川面が灰色に変わってゆく。歩道の右手には、薄汚れたガードレールが延々と伸びている。

「うん？　何かいる」

千尋は川面のほうを見た。何かが動いたような気がしたのだ。川面が少し盛り上がっている。

「やっぱり、何かいる。何かが動いている」

千尋は立ち止まり、川面を凝視した。

やがて、川面の盛り上がりがとてつもなく大きくなり、盛り上がりを突き破って大きな黒い突起が飛び出して来た。

「わっ」

千尋は思わず声を上げた。

それは巨大な、あまりに巨大な物体だった。二〇メートルほどの真っ黒なナスの様な物体が突如川面から飛び出し、数秒間宙を舞い、やがて川面に落下し、ヘドロにまみれた真っ黒な水しぶきをザブンと噴き上げたのだ。あたり一面に水とヘドロの臭いが漂った。しかし、それだけではない。その物体の後ろから、更に一回りほども大きい黒い物体が飛び出し宙に舞い上がったのだ。大きな二つの腕の様なひれを持っていた。飛び上がった物体は腹が白く背中が真っ黒な巨大クジラだった。空中で体を反らせると大きな口を開けて、その下にいる巨大なナスの様なもう一頭のクジラの上に覆いかぶさるように落下してゆき、横腹に食らいついた。赤黒い血を噴き上げながら下になったクジラがもがき、食らいついたクジラを振りほどこうとしてのたうちまわる。横腹から血を噴き上げるクジラは、苦し紛れに、横腹に食いついて離そうとしないクジラのひれをくわえこんだ。ググーっという不気味な音を立てながら二頭のクジラが、ヘドロにまみれた真っ黒な川の中で共食いをする。壮絶な光景だ。

千尋はその場から足早に走り去った。黒いヘドロが今にも飛び散ってきそうなのだ。

小走りに歩いているとやがて、共食いをするクジラ達の姿はスモッグの中に消え、川幅が更に広くなり、海の香りがしてきた。

「もう海に近いのか」

クジラがいるぐらいだから海が近いのは当然かもしれない。

スモッグの中から大きな橋げたが現れた。橋の上には車道が走っているようだ。

疾走する車の屋根が見える。その橋げたのコンクリートは白く塗られ、それを支える鉄骨は青く塗られている。

千尋は、橋の下までやってきてガードレールをひょいと乗り越えると橋げたの横にあるコンクリート・ブロックの上に座った。妙に座りたくなったのだ。ずいぶんと歩いてきてかなり疲れたこともある。結構そのコンクリート・ブロックは広くて、ゆったりと座れる。頭の上には大きな橋が川をまたぎ、川面は、灰色のスモッグの煙で覆われている。

千尋は、胸ポケットから白いケースを取り出した。白の鮫皮製のケースだ。

これは、岬で出会ったあの不思議な若者のジャケットの裏の隠しポケットにはいっていたものだ。白いケースを上下にひっぱると中から三本の葉巻が顔を出した。若草の香りが漂う。

「これ吸ってみよか」

そう言って、一本を取り出した。千尋は、岬社交クラブで吸った時以来、葉巻は吸っていない。幸いポケットにはライターも入っていた。

「えーっと、まず火をつけなきゃな」

そう言って、ライターで長い葉巻の先に火をつけた。

そして、もう片方の尖ったほうを口にくわえた。その先端は豚のしっぽのような、あるいはこよりのようなものが付いている。

「あれ？　煙が出ないなあ。まただ」

しっぽの付いた吸い口を強く吸ってみるが全然煙が出ない。葉巻の焦げる匂いはする。

その時だ。川面に何かがうごめくのが見えた。

「あれ？　またクジラか？」

そう言った時に、声が聞こえた。

「あんちゃん、それじゃだめだ。吸い口を切らないと」

「えっ？」

灰色のスモッグの煙の中から男の姿が現れた。

「川の中にいるの？」

千尋が驚いて尋ねる。

「ああ。それより、吸い口を開けるんだよ。シガーカッターかはさみで。でなけりゃ歯で噛み切ってもいいから」

「ああ、そうだった。岬社交クラブでも同じ失敗してたんだ。吸い口つくらなきゃ。しっぽみたいなのがついてたんでこれで良いのかなと思ってたんだけど。歯で切るって、こういう風に？」

千尋は尖った吸い口を歯で強く噛み、そのままブチって噛み切った。口に豚のしっぽのような、くるっと巻いた巻き毛のような葉巻の破片がくっついた。

「そうそう。葉巻のキャップを切ったら反対側に火をつけてみな」

「こうですか？」

「ああ、火をつける時はまずは葉巻の丸い口径の端を焦がすように回す。それから、火をかざしたまま吸い口から吸い、おもむろに口から離し、火のついた端に息を吹きかけるんだ」

千尋は言われるままにした。息をふっと吹きかけると葉巻の端が、黒点を残す真っ赤な太陽の様に輝き、ぽっと火がついた。

「わあ、火がついた」

「そう。それから、ゆっくりと吸ってみな。だが、肺にいれちゃあいけねえ。むせちまうからな。口の中でくゆらすんだ」

男は、岬社交クラブのきららとおんなじことを言うのだった。

言われるままに口の中で葉巻をくゆらし、ふーって煙を吐き出した。

結構きつい香りでくらくらする。

「こうですか」

「おお、いいね、様になってるじゃないか」

そういうと、男は千尋のすぐ近くまでやってきた。

上半身裸の肉体労働者風の男で、濡れた髪が肩までかかり、髭を生やしている。

ぶっとい両腕と盛り上がった胸、引き締まった腹部が見える。かなり年季の入ったボディビルダーのようだ。

「いい匂いだなあ」

そう言いながら、男の後ろに、やはりがっちりした体の白い鉢巻きをした裸の男が現れた。そしてその後ろにも五、六人の屈強な裸の男達が、川の中から上半身を出して浮かんでいるのだった。

そのうちの何人かは、紙巻きタバコをふかしていた。

「兄ちゃん、いい葉巻吸ってんな。ちょっと吸わしてくれるか」

「ええ、いいっすよ」

鉢巻きの男がそう言って近付いてきた。千尋は、ブロックから立ち上がり、一段下の石に足を置くと、葉巻を持った手を男のほうに伸ばした。男は、上半身を水の上から出し、腕を伸ばして葉巻を受け取ると胸のあたりまで沈みこみながら一服吸った。

「おお、うめえ」

そう言った彼の足もとが大きく波立ち、うろこのある大きな尾っぽが五〇センチほど離れた川面から現れた。

「あっ、尾っぽが、尾っぽが見えてる」

「あたぼうよ。俺んだよ」

「あんた、もしかして人魚？　人魚姫じゃなくて人魚男？」

「元からしっぽがついてるから、そう呼んでくれてもいいぜ」

「人魚おやじってとこだろ」

後ろにいた葉巻の吸い方を教えてくれた人魚男が言った。

「俺にもちょっと吸わせろ」

「ああ、うめえぞ」

人魚男は、葉巻を人魚おやじから受け取ると、おもむろに口にくわえ、くゆらせ、ぽっと丸い煙の輪を噴き出した。

「ふうむ、おお、いいな、この葉巻。大地の香りがするぞ。俺達が忘れていた大地だ」

「大地？　忘れる？　ああ、そうか、水の中や海の中じゃ大地はないよね。それに葉巻も吸えないんじゃない？」

「俺は、難破船から取り出してきた葉巻を吸ってんだよ。箱入りだ。キューバ産の最高級葉巻さ。そして、俺達はこの橋の下にいる時だけ、その葉巻を吸えるんだよ。この大地の匂いと香りを満喫できる。はるかな乾いた大地を想像しながらな」

「ところで、人魚のおじさん達は、このヘドロの川や海の中に住んでんの？」

「ああ、海の中の世界にいる。俺達はクジラを追ってやってくる漁師さ」

「漁師？　人魚なのに？」

「そりゃあ、人魚の世界にも漁師はいるわさ。どの世界にも職階はあるんだよ。俺達は労働者だな、平和なときは。それでもいくさになると兵隊にもなる」

「いくさ？」

「ああ、何百年かに一度は必ずあるんだ、人魚の部族間の主導権争いがな。ここ一〇〇年くらいは平和が保たれてるけど」

そういって、人魚男は葉巻の煙の輪を空に向かって連続していくつも吐き出した。

その時、ピーっという笛の様な音が聞こえた。

「あっ、あの音は？」

「あれは、共食いしていたクジラの断末魔だ。クジラの体に血の臭いをしみこませて共食いに追いやるんだよ。クジラの力は強すぎるから俺達だけで仕留めるのはなかなか大変だからな。もうそろそろおだぶつだろうな」

「それで、あのクジラどうすんの」

「両方が息絶えたら引っ張っていくんだよ。クジラは俺達の食糧源だし、その骨は、家の飾りと魔除けになる」

「家？　人魚の家かあ、お城みたいな？　一体どんなとこなの？」

「俺達の家か？　そりゃ海の底のほうにあるんだ。岩の洞窟の中とかが多いけどな」

「そこに人魚姫もいるんだ」

「ああ、母ちゃんがいる」

「母ちゃんじゃなくて人魚姫っていないの？」

「おめえさ、昔は母ちゃんだって御姫様みたいだったさ。今は肝っ玉母ちゃんだけどな、へへへ。それにさ人魚は皆べっぴんなんだ。特に親方のはな。親方の娘さんだけは姫ってみんなから呼ばれているんだ」

「へええ、面白いなあ」

千尋は、人魚男達の一服しながら話す話に耳を傾け、いろいろと人魚の世界を想像してみたが、同時に、これまで抱いていた人魚姫の美しい神話の世界がガラガラと崩れ落ちていくのを感じざるを得なかった。

その時だ。川の底のほうから地響きの様なしわがれた声が響いた。

人魚男達が一斉に吸っていたタバコを川に捨てた。葉巻を吸っていた人魚男も千尋に火のついた葉巻を手を伸ばして戻してきた。

「休憩時間は終わりだ。親方が呼んでる。さあ、みんな行くぞ」

「親方って、もしかしてポセイドン？」

「ああ、ポセイドンのひ孫ってとこかな」

「孫とかいたんだ、ポセイドンにも」

「あばよ、兄ちゃん。葉巻うまかったぜ」

「それじゃあ、元気で」

千尋は手を振った。人魚男達は尾っぽを水面に出してひとしきり振ると次々にヘドロで真っ黒な川の中に潜って行った。

暫くして、川面が山のように次々に盛り上がりくねりながら橋の下をくぐって行った。二頭のクジラが人魚男達に引っ張られ海のほうに向かっているのだ。黒い水の中にいるはずの人魚男達の姿は見えない。やがて、二頭のクジラの尾っぽが鯱鉾の尾の様に空高くせり上がった後、クジラの姿は水中に消えていった。

＊＊＊

千尋は、駅に戻り、コインロッカーの中に入れてあった白い鞄を取り出した。そして、駅前のベンチにすわった。あたりは既に夕闇に包まれていた。

「どうするかな。これから」

千尋はこれから先のことを考えた。さしあたり、彼は、生きてはいるけれどすぐにも戸籍から抹消され鬼籍に入るのだろう。会社には戻れず、給与ももらえない。彼女は離れてゆき、あの嘘っぽい声の男と一緒になるのだろう。そして、自分自身の存在はあと一週間もたてばこの世から完全に忘れさられてしまうだろう。

考えてみれば、少なくとも自分の目的は達したともいえる。会社の猛烈な仕事の鬼の上司は、部下の飛び降り自殺により、そこまで追いやったパワハラの責任をとがめられあるいは倫理的責任を感じて辞めてしまった。そのことこそが自分が望んでいたことである。それはいい。しかし、元彼女ひとみの自分への感情があまりに冷たく無関心であったのには正直幻滅してしまった。自分が贈ったフラット・マンドリンには、何らの関心をも示さず、価値も認めず、質屋に入れたらという男の提案にあれほど安易に同意するなんて。

「やっぱ戻してもらおうかな、あのフラット・マンドリン」

あのフラット・マンドリンは、年代物で正真正銘の本物である。昔父親が外国で買ってきたのを譲り受けたものだ。自己流でエレキギターの様に弾いていて、いつも手元においていたものだ。そんな大事なものなのにと思うとやり切れなくなってしまう。

「ったく」

千尋はため息をついた。結構滅入ってしまうことばかりだ。しかし、その苦しみは以前とは明らかに違うものだ。以前なら、こんな状況だったらおそらく絶望感に苛まれ、食事ものどを通らなかっただろう。しかし、今はそれほどではない。鍛えた体のせいだろうか、あるいは、持っているお札のせいだろうか。

「そういえば」

千尋は、胸のポケットから札入れを出し、その中にしまっておいた名刺を取り出した。

あの岬で不思議な若者がくれたものだ。

「行き詰まってやりきれなくなった時、訪ねるようにって言ってたな」

「行ってみるか」

千尋は、ベンチから立ち上がると、タイミングよくライトをつけてやってきたタクシーを止め乗り込んだ。

＊＊＊

タクシーは、真っ暗な山道を走っていた。首都の高速を降りてから、もう三〇分も走っている。真っ暗なトンネルをいくつも抜けてきた。

「あの、まだ着かないんですか？」

「もうすぐですよ」

タクシーの運転手が答える。山道は、鬱蒼と茂った樹木の枝葉や高い背丈の草が繁茂し、車道の視界さえふさいでいる。ひんやりと湿った空気のなかにむせるような樹木の匂いが浸《し》み込んでいる。

「何か気味悪いっすね。このあたり」

「ちょっと、離れてますからね。首都の衛星都市ですけど、もうずいぶんと昔から寂れていて、最近人口が激減してるんですよ。あっ、ほら、あの光の見えるとこですよ。もうすぐです」

山道の真っすぐ向こうのほうに、ぼんやりと明かりが見えてきた。やっと見えてきたかと安堵する間もなく千尋は、ひやっと背中に何か冷たいものを感じてさっと後ろを振り向いた。タクシーの後ろ窓の向こうは、真っ暗だ。

「あれっ?」

しばらく真っ暗な遠ざかる闇を見ていた時だ。タクシーが走り去る道路のはるか遠くに何かぼやっと光るものが見えた。それはずんずんとこちらに近付いてくる。

「ぎえっ?　何?」

千尋は絶句した。タクシーの後ろからは、ぼおっとした光に包まれ、青いトランクスと二本の足、それに銀色に光る運動靴がすごいスピードで千尋の乗ったタクシーを追いかけてきているのだ。上半身は見えない。下半身だけのマラソン・ランナーだ。千尋は、身の毛がよだち、冷や汗が背中にどっと流れ出してきた。

「うわあ、運転手さん、か、下半身だけのマラソン・ランナーが追いかけてきたよ。もっとスピード出して！」

「ついに出ましたか。まかしといて下さい」

運転手は、変速機の下の赤いレバーを引いた。

タクシーは、突如ブワンっていう大きな爆音をたてて、爆走し始めた。体がスピードに押されて座席に押し付けられる。ジェット機の離陸の時の様だ。

「すごい」

千尋は、後ろの窓を見た。下半身だけのマラソン・ランナーは、ぐんぐん後ろに引き離され、取り残されていった。

そして、タクシーは、光の中に突っ込んでいった。そこは、明るいライトに照らされた国道で周りにいくつも明かりのついたビルが並んでいた。ビルは、どれも傾斜地に張り付くように立っていた。タクシーは、スピードを緩め、やがて、坂道の下の狭い道路に入って行った。

周りには、明かりのついたビル群があり、何人かの子供達が夕闇の中で缶けりをして遊んでいた。

タクシーは、坂の下の階段の前で止まった。

「着きました」

「よかった。一体あの下半身ランナー何なんです?」

千尋は安堵で胸を撫で下ろしながら運転手に聞いた。

「あれは、あの辺りで交通事故にあって亡くなったマラソン・ランナーの霊ですよ。時々出るんです。車と競走するためにね」

「競走っすか」

「でも、私のタクシーは大丈夫です、ニトロ積んでますから。何度か競走して一度も負けたことがないんですよ。霊をも振り切るパワフル・エンジンですからね、へへへ」

「すごい。でも負けたらどうなるんですか?」

「いや、どうってことないです。追い越して行くだけです。なにせ上半身がない下半身だけのランナーですから、何にも言わないしこちらを見ることもない。だから怖くもなんともないんです」

「そうですか。あっ、おいくらですか?」

「一万八〇〇〇です」

「結構しますね」

「ちょっと離れた街ですからね」

「はい、これ」

「ああ、それから、これタクシー会社の名刺です。この街あんまりタクシー走ってないですからね。帰り必要だったら呼んで下さい、すぐ来ますよ」

「ああ、どうも、それじゃ」

千尋は白い鞄を抱えてタクシーを降りた。目の前には、蛍光ランプに照らされた階段が坂の上まで延々と伸びていた。

「あっと、すいません、この住所はどこか分かりますか?」

彼は振り向いて、運転手に尋ねた。

「そこは、あの階段を上がっていったつきあたりの右のアパートですよ。門に名前がついていますからすぐ分かります。それじゃ」

そう言うと、タクシーは、車輪をスピンさせながら発進し、急速に遠ざかって行った。

「すごい加速」

千尋は、タクシーが白い煙を上げながら去って行ったのを見届けると階段のほうに向かって歩き始めた。階段の近くでタクシーの中から見えた二、三人の子供達が夕闇の中、夢中で缶けりをしていた。

その階段は一〇〇段はありそうだ。かなり長く急な階段だ。階段の左手には、坂に張り付くようにコンクリートでできた団地の様なアパート群が並び、ほとんどの窓には明かりがともっていた。ここで遊んでいる子供達もその団地の子供達なのだろう。

そして、右手には、一回り大きな九階建ての団地のビルが二棟、階段の上部の右側に並んでいる。そこにはぽつぽつとしか明かりがついていない。

千尋は、階段を登りはじめた。

「階段の上のつきあたりを右だな」

階段の左のアパートの前には、夕涼みをする老夫婦やよもやま話をするおばさん達が見える。夕食の支度をする主婦達のどこか慌ただしい声や子供達の笑い声も聞こえる。薪の焼ける匂いさえ漂ってくる。なつかしい夕餉の時の変わらぬ風景だ。

反面、右側の団地群には沈黙した静けさが漂っている。

千尋は、ついに階段の一番上に着いた。右には、団地の入り口の門がある。左には、団地に水を供給するのだろう大きな白く塗られた水槽がいくつも並んでいる。

右側の団地の入り口の門は巨大だ。門の上には、アーチの様な鉄飾りがついていてアルファベットの文字が見える。

「ＣＩＥＬＯ」という鉄文字が装飾体で描かれている。

「シエロってなんだろ。英語じゃないな」

そうつぶやきながら、門の中に入って行った。九階建ての巨大な団地だ。

各階の窓は小さく、ほとんどの窓にシャッターが下りているようだ。

「えっ？　違うよ、これシャッターじゃない」

千尋は目を凝らして窓を見た。

窓に掛かっているのはシャッターではない。窓全体がセメントで塗りつぶされているのだ。

「あの窓も、ええ？　この窓も」

ほとんどすべての窓がセメントで塗りつぶされている。そして廊下だけが蛍光灯の明かりで照らされているのだ。

「ちょっと不気味。こんなとこに人が住んでるのか？」

千尋は背筋にぞぞっと寒気を感じた。

しかし、門の入り口に近いところの一階の部屋だけは、窓から明かりがもれていた。

そこに近づいてゆく。管理人室という看板が部屋のドアにかかっていた。

「ここかな」

千尋は、札入れの中に入れていた名刺を取り出して確認した。

「マクシモ蒲志田……。住所は合ってる。でも変な名前だな。それに表札がない」

管理人室の看板を持ちあげて、下をのぞいてみた。すると表札があった。

「マクシモ蒲志田、あった。確かにここだ」

千尋は、ほっとして、ドアの呼び鈴を鳴らした。

ピンポーンっとやわらかな音が鳴り響いた。

しかし、返事はない。もう一度呼び鈴を鳴らす。

ピンポーン、ポンポーン、ピンポーンって三回立て続けに鳴らした。

「あれ？　いないのかな。電気はついているのに」

千尋は、ドアの前で、しばし立ちつくしていた。しかし、一向にドアが開く気配はない。

「もう一回押してみようか。今度は五回くらい」

そう言って、呼び鈴のボタンを押そうとした時、ドアが急に外側に開いた。

「どなた」

「あの、ち、千尋……」そう言おうとして千尋は固まってしまった。

彼の前にぬっと出てきた男は、驚くほどの長身に黒髪ロン毛の男だった。黒い燕尾服の様なものを着ている。シャツも黒、ネクタイも黒だ。

高い鼻と髭を蓄えた精悍な風貌だが、目つきは暗い。

「マクシモ蒲志田さんですか？」

「ああ、君は千尋君か」

「知ってるんですか、僕の名前」

「ああ、怜人から連絡があったよ」

「怜人って、もしかして、岬から飛び降りた人ですか？　僕の代わりに」

「さあね、彼が何をしたかは私は知らない。しかし彼からはメールがあった。一週間前」

「一週間前？　いつ出したんだろう。飛び降りる前？　後？　まさか、生きているってこと？」

千尋は、いろいろ考えてみたが混乱するばかりだった。

「まあいい、はいりたまえ。ここで話をするのもなんだろう」

二人は、部屋の中に入っていった。

部屋は結構広く天井も高い。床は大理石張りなのだろう、つるつるとしていて、まぶしく輝いている。そして驚いたことに靴をはいたままで入れるのだ。

「靴脱がないでいいんですか？」

「大丈夫」

天井は、白い色で塗られ、ギリシャ建築の様な或いは額縁の様な飾りが天井枠についている。そして、天井の真ん中には、クリスタルのシャンデリアが煌々と灯っている。とても団地の中にいるとは思えない。

「すごい。ちょっとした瀟洒なお城って感じ」

部屋の壁には、金色の額縁のついた絵がいくつも飾られている。人物画でヨーロッパの淑女達が描かれている。部屋の調度品は、大きな紫色のソファー、西洋風の椅子、巨大な丸いテーブル等で、テーブルの上には、白い花のオブジェが置かれている。千尋は豪華さの漂う部屋の中をあっけにとられて隅から隅まで見回していた。

「こちらにどうぞ。食事を用意してますから」

「ええ？　ホントですか」

「大したものじゃないですけど、さあ」

千尋は、勧められるままに奥の部屋に入っていった。

そこには、白いテーブルクロスのかけられた一二人掛けの大きな長方形のテーブルがあった。マクシモ蒲志田は、テーブルの端の椅子に座り、千尋は対面の端の椅子に座った。

テーブルの上には、二つの銀の燭台、お皿、ワイングラス、水のグラス、何種類ものナイフやフォークやスプーンが整然と並べられていた。しかし、二人の距離は結構遠い。

「お腹すいただろう」

マクシモ蒲志田が言った。

「ええ今日いろいろとありましたから」

結構大きな声で答えないといけない。

「それじゃ、始めよう」

彼は両手をパンパンとたたいて合図した。

すると食堂の隅の扉が開き、白いジャケットに黒のブラックタイの給仕が大きな銀盆を持って現れた。その上にはスープ皿が載せられていた。

そして、千尋の前にスープを置いた。

ポタージュスープの香りが食欲をそそる。

「さあ、どうぞ」

千尋は、スープにスプーンを入れ、飲んだ。

「冷たい」

冷たいスープだ。しかし、結構いける。

パン皿においてあるパンを取り、千切って口に入れた。

やはり冷たい。

「どうだい、味は」

「ええ、おいしいけど、冷たいですね」

「そうだな」

やがて、給仕が前菜を持って現れた。冷たいサーモンに冷温野菜。その後も次々に料理を持ってやって来る。大きなテーブルはすぐに料理で一杯になった。

どれも肉や野菜料理だが、温めていない物ばかりだ。つまり冷たい料理だ。

「こんなに」

「好きなものを取ってたべるように。これがうちの料理だから」

「はい」

千尋は、料理皿からいろいろと少しずつとって皿に盛っていった。

料理は冷たいが味はかなりいい。

「美味しいですね」

「そう、ふふふ」

マクシモ蒲志田は、少し嬉しそうに言った。

「ところでどう？　今の気持ちは？」

「気持ちですか」

「ここに来るほどだから、それほどハッピーではないのかな？」

「ううん、複雑なんですよね。ハッピーというわけではないんです。だって、今までの生活と人生が見事に終わってしまったから。会社も彼女も、もう僕のこと忘れてしまったみたいだから。でも今までみたいな不幸せって感じでもないんです。多分、怜人って人が置いていってくれたお金とそれからこのところ鍛えた体のせいかもしれないです。だから、もう昔の人生ってそれほど重要ではなくなったっていうか、どうでもよくなっちゃった感じもあります」

千尋はワイングラスをあけながら言った。冷たい食事ではあるが、結構お腹がいっぱいになり、いい気分になってきた。

「そう。それはまさに新しい人生の始まりということなんですよ。そして、その旧い人生と新しい人生の境目の線は、ほとんど目に見えず、極限に近いほどの細い線で、同時にわずかな一瞬の時間なんですからね。一瞬先は闇の地獄か明るい天国か、どちらになるかは、一体全体、決まっているのか自分で決めるのか何とも微妙なところがあるんです」

「人生の境目ですか」

千尋は、デザートのアイスクリームをなめながらマクシモ蒲志田のよくは飲み込めない話を反芻していた。

「さあ、続きは食後の珈琲を飲みながらにしましょう。あちらのサロンにどうぞ」

千尋は促されるままに食卓を立ち、食堂より更に奥にあるサロンに入った。一体いくつ部屋があるのだろうと驚きながら、その部屋に入って行った。

そこには、真っ白なグランドピアノと譜面台があった。ピアノの上には黒いバイオリンのケースが置いてある。

「マクシモ蒲志田さんは、音楽家なんですか」

「ふふ」

まんざらでもなさそうに笑みを浮かべた。

二人は、ピアノの前に置かれた真っ白いソファーセットに座った。そして給仕が手渡してくれたコーヒーカップを片手に話を続けた。

「だから、一瞬先は明暗なんです。戴冠式前の王にとってかわった乞食の話をきいたことがあるでしょう。あるいは結婚式前の恋人が次の瞬間には別の男の所に走ったり、海外赴任するビジネスマンが離陸直後消息を絶つ飛行機に乗ったり、公園で寝転ぶ若者が戦場に行く直前の兵士だったり、恍惚とした女が愛人を切り刻んだ後だったり……」

「その喩え、よくわかんないですけど」

千尋は、コーヒーを味わいながらマクシモ蒲志田のやはりよく飲み込めない話を聞き流していた。

「人生には、本当のモーメントがあるんですよ」

そう言うとマクシモ蒲志田は、立ちあがり、ピアノのほうに歩いてゆき、バイオリンのケースを開けた。そして中からワイン色に光る年代物と思われるバイオリンを取り出した。

「バイオリン弾いてくれるんですか」

「食後のコンサート、お楽しみ下さい。さあ照明を暗くして」

マクシモ蒲志田は、給仕に指示した。

給仕は、部屋の隅にさがり、照明のスイッチを押した。白いサロンは、ゆっくりと薄暗くなっていった。

やがて、彼の演奏が始まろうとしていた。大きな体躯、とてつもなく大きな手だ。バイオリンが小さいおもちゃの様に見える。片手で全ての指板をカバーできそうだ。

「なんか凄そう」

千尋は身構えた。

「やっぱり」

最初の一音から千尋の背筋がぞくって震えた。

研ぎ澄まされた深い音が、圧倒的な音量で、憂いを秘めた甘美な旋律を響かせる。弦の上にかかる柔らかくも凄まじい指の圧力と弓の圧力。そこから生まれる力強い、それでいてとろけるチーズの様にまろやかで濃厚な深みのある音。彼の奏でる一音一音で部屋全体の空気が震え、鼓膜が共鳴し、このままだと背筋から脳髄までびりびりしびれそうだ。

「すごい、夜が震えている」

千尋は感嘆の声を上げた。

やがて中低音のうねりが闇を沸き出たせ、戦慄しそうになる深いビブラートに、果てしなくつながる三二分音符が高速で闇を切り裂いてゆく。最速アルペジオがあくまでハーモニーを保ちながら芸術的な波動を放射する。

「うわー」

千尋は超絶技巧の演奏になって、天井を仰いだ。

その時だ、千尋は天井に張り付いているあるものを見て凍りついた。

「げっ」

仰天し声を上げた。しかし、演奏中でもあり、努めて平静を保とうとした。

「何？　誰？」

フレスコ画の描かれた天井には、なんと一人の男が張り付いてじっと千尋のほうを見ているではないか。恐ろしい光景だ。男は黒っぽいジャケットに黒のネクタイをしていた。

「喪服？」

喪服の様な黒っぽい服を着て、千尋をじっと見つめていた。彼の左手の指は神経質そうに動いている。まるで、ギターを弾いているような指使いだ。もしかして、バイオリンかもしれない。彼の右手は見えない。ジャケットの右手の袖の先にはなにもない。片腕なのだろうか。千尋は、天井に張り付き、千尋のほうを見つめ、奇妙な動きをする男に驚きながらも、その男の視線をぐっと受け止めた。

「あれ？　もしかして泣きそうになってる？　この人」

そうなのだ。男の顔は、頬が引きつり、唇が歪み、目を真っ赤にして懸命に涙をこらえている様なのだ。いまにも泣きだしそうな顔だ。

「泣きそうになってる、いや泣いている。なぜ？　もしかしてこの演奏に？」

どうやらそのようだ。この物凄いバイオリンの演奏に感動して涙しそうになっているのだった。

その時にまわりからすすり泣きの声が聞こえてきた。前のほうのソファーには、いつの間にか品の良い老夫婦が座り、ハンカチを目にあててすすり泣いていた。

「いつの間に座ったんだ？」

千尋はいぶかりながらもこの演奏を前にすれば誰だって感動の涙くらい流さずにはいられないだろうと思った。しかし、そのすすり泣きは部屋全体を包み込むほどになっていた。

ソファーの後ろにも既に何人もが立って演奏を聴いていた。ピアノの前には、いつの間にか多くの椅子が置かれ、そこに、盛装した男女が静かに座って演奏に涙しながら聞き入っているのだった。ちょっとしたサロン・コンサートだ。

「こんなに大勢の人達が聞き入っているなんて」

聴衆は一様に、バイオリンの切ないメロディーに身もだえしながら、ハンカチで両目を押さえている。深い深い音色は千尋のみならず、ここにいる聴衆全員の体を包み込み、体中の産毛を立ちあがらせる。この感動をどう表現すればいいのだろう。限りなくけだるい弛緩感覚が持続する中、芸術的な音の奔流が背筋を電撃的に駆け抜け、感動で鳥肌立たせるのだ。

「すごすぎる音だ」

千尋はうなった。こういう芸術的な音は普通の演奏家には絶対出せないものだ。特に神経質そうに楽譜に忠実に音符をたどるだけの職人演奏家には無理であろう。天性の素質と音感、感受性、体躯と体力に恵まれなければ出せない音だ。千尋は、体中の穴から汗や涙や体液があふれ出しそうになるのを感じた。そして、鋭く時に甘いバイオリンの音色が体の中にずわっと沁み込んで来ては、体内をぐるぐる回り、新陳代謝を促進しつつ、音楽が咀嚼され、いや咀嚼しているはずの自分が、音楽に咀嚼される感覚なのだ。まさに恍惚状態といえるものだ。

やがて、曲が最後に近づいてきた。バイオリンの共鳴板から放射される何百何千という音符が重なり、つながり合いながら金色の輝きを放って部屋の中を駆け巡る。涙にむせぶ聴衆は今や悦楽の中、恍惚状態だ。天井に張り付いた男も白目をむきながら絶頂感に頬をひとしきりひきつらせた後、顔面筋肉が完全に弛緩し、涎をたらし、ふやけた顔に満面の笑みを浮かべていた。マクシモ蒲志田の奏でる音の奔流に流され、この世の世界から別の世界に一気に音楽と共に流されていくようだ。日常の世界を超えた非日常の世界との交信なのかもしれない。音が電気信号の様に自分の体の中を駆け巡り、体がびりびりとしびれ、ぶるぶると筋肉が震え始めた。壮大な交響曲の中で体が浮き上がって行くようだ。

マクシモ蒲志田の汗に濡れた長い髪が振り乱れ、激しい弓と弦との摩擦で白い粉が煙の様にバイオリンから立ちのぼっている。やがてクライマックスに至り、周りの聴衆が一斉に立ち上がった。そうしてゆっくりと天井まで浮き上がってゆき、感極まった表情で最後のパッセージを聞くのだった。天地をも引き裂くような甘美な嗚咽に震えるバイオリンが断末魔の雄叫びを上げて、マクシモ蒲志田は、曲を弾き終えた。

その瞬間、天井から一斉に雨が降り注いできた。霧雨の様な雨だ。

あたりが霧雨につつまれている。同時にお香の匂いが漂ってきた。

「雨？　霧雨？　部屋の中で？」

千尋は目をこらして天井を見上げてまたまた仰天した。

なんと天井にはさっきまで立ち上がって聞いていた三〇〇人ほどの聴衆が、天井に張り付いていたあの男の周りにびっしりと張り付き、落涙していたのだ。聴衆が流した涙はぽたぽたと降り注ぎ、霧雨になって大理石の床を濡らすのだった。

「泣いているのか、皆。天井で、感動で泣いているのか」

そういう千尋自身も知らぬ間に涙がとめどもなくあふれ出してきて頬を濡らしていた。

その時、パッと明かりがついた。あたりがまぶしく光り、ゆらめくシャンデリアが見えた。天井に張り付いていた聴衆達は一斉に消え、一人もいなくなっていた。お香のような香りだけがあたりに漂い、ピアノの前で小さなバイオリンを手に仁王立ちするマクシモ蒲志田だけがいた。汗だらけのマクシモ蒲志田に千尋は近付いていった。未だに息が荒い。壮絶な演奏だったから無理もない。

「すごかったです。マクシモ蒲志田さん、感動しました」

千尋が言った。

「どうも」

「すごい数の聴衆が一緒に聞いてたのに、照明がついた途端に消えてしまいました」

「ああ、あれはここの住人です」

「ここの住人?」

「ええ。このアパートの」

「このアパートって窓がふさがれてましたけど」

「ええ、そうです。彼らは眠っているんです。永遠にね。ここはお墓のアパートですから」

「お墓のアパート？　やっぱり。それじゃあ、彼らは……」

「そう。ここに眠っている人達の霊なんですよ。夜ごと、私の演奏を聴きにやってくるんです」

「彼ら泣いてましたよ、皆」

「そうですか」

「死者の霊まで感動させる芸術的演奏でした」

「ありがとう。彼らも満足だったようですね。床が濡れている」

「涙ですよ。皆泣いてたから。でもいつもやって来るんですか？　あの人達。演奏する時には」

「そうです。部屋を暗くすると居心地が良くなってやって来るんです。私はもう慣れてしまいました、最初はびっくりしたけど。まあ、私はこのアパートの管理人ですからね。いつまでも怖がってばかりじゃ勤まらない」

マクシモ蒲志田は、バイオリンをケースにしまうと、千尋を出口の方にいざなった。

大理石の床の上は、さっきまでの幻の聴衆の流した涙できらきら光り、つるつる滑るのだった。

二人は部屋の外に出た。

「ああ、いい風ですね」

外は、暖かで柔らかな同時に涼しい風が吹いていた。

高台からは、下のほうにきらきらと輝く光の渦が見える。

「きれいですね」

「何に見えます？」

マクシモ蒲志田が訊いてきた。

千尋には、ダイヤモンドダストや光の洪水にも見えたが言った。

「天の川」

そう、天の川がそのままゆっくりと天上から降りて来て張り付いたような光景なのである。かなり高いところにいるのだろうと千尋は思った。空気が透き通っていて、少し酸素が薄い気もする。その天の川から電灯に照らしだされた階段が真っすぐにこのアパートまで伸びてきている。その周りのアパートビル群の窓には煌々と明かりがついている。しかし、千尋のいるアパートだけは、窓ではなく、各階の廊下に蛍光灯の明かりがついているのだ。窓は全てセメントでふさがれているからである。

「このアパートのビルの窓って全部ふさがれてますね。それでも廊下に電灯がついてるのはなぜなんですか？」

「アパートの窓から棺桶をいれるんです。そして、ふさぐ。窓の下には花をいけるための盆がついています。電灯は夜中までつけています。時々、親族の方々がこられますからね。それに、死者の日には、一晩中このアパートは煌々と電灯がついているんです」

「一晩中」

「そう、遺族や親族、親類一同がふさがれた窓の前に花を飾って夜を明かすんですよ」

「お墓みたいですね」

「いや、これはお墓です。アパート形式のお墓なんですよ。そして、私はアパートの管理人兼墓守ってとこです」

「ずっと前からここにいるんですか？」

「ええ、海外のバイオリン留学から帰ってきてからかな」

「海外でやってたんだ、やっぱり。道理で凄いと思った。あんな演奏聞いたことないですから、この国で。でも不思議にこれまであなたのこと知らなかったです。名前も聞いたことがなかったから」

「ふふふ、メジャーから外れてたんですよ」

「ええっ？　だって外国で演奏してたんでしょ」

「そう。でもね、急に手が動かなくなってね」

「そうなんですか」

「結構落ち込みました。腱鞘炎みたいなものだけど、本当に全く手が動かなくなってしまった。弾き過ぎで筋肉がショートしたみたいな感じです。それで……」

マクシモ蒲志田の言葉がつまった。

「それで?」

「ああ、コンサート活動も何もかもキャンセルせざるを得なくなって、それでいろいろあったんです。ちょっと参っててね、地下鉄の乗り場で電車に接触しちゃって」

「ぶつかったんですか?」

「ああ、ふらふらって電車のほうに向かって行ったんだよね。でも決して線路に飛び込もうと思ったわけじゃない。でも、どうかしてて、線路のほうに近づき、そのまま電車に接触しちゃって吹っ飛んで」

「大丈夫だったんですか」

「ええ、体は大丈夫だったんだけど、頭かち割っちゃって」

「うわっ、痛そう」

「それで、救急車に乗せられて病院に急行です。頭蓋骨骨折。脳みそや脳漿が中から出ちゃって、小脳も飛び出しててね。その病院で怜人が助けてくれたんですよ。彼は医者だから」

「あの人医者なんだ」

「それで、頭蓋骨を元通りに治してくれたけど、飛び散った小脳の一部が見つからなかった」

「小脳の一部がない？」

「そう、ほら」

マクシモ蒲志田が、汗で濡れた長い後ろ髪を両手で上げた。

彼の後頭部には、大きなくぼみができていた。

「ほんとだ」

「かなり長期に入院して、ようやく手が動くようになった。それで、怜人の勧めでリハビリを兼ねてここにいるんですよ。でも、もう一〇年近くここにいることになるかな」

「へええ、いろいろあったんですね」

「人生いろいろあるんですよ。人生は風向きが一瞬で変わってしまうから」

「風向きですか」

「そう、一瞬で変わる。一瞬先は、闇になることもあるし明となることもある。あなたも、岬で風に吹かれたんですよね、怜人から聞きました」

「ええ、まあ、会社の上司のパワハラに耐えきれなくって。でも飛び下りるつもりはなかったんです、ちょっと懲らしめるために狂言やってやろうと思って。そうしたら、そこに怜人っていうその人が現れて、僕の代わりに飛び下りてくれた。僕は、彼の残したジャケットに入っていた大金や運転免許証使って、ジムで体を鍛えながら暮らしてて、しばらくして首都に戻り、前の会社の同僚や元彼女のこと見たらやんなっちゃって。それで困ったら来るようにっていう彼の言葉を思い出してここにやって来たんです」

「やって来て良かったですか」

「もちろん。あんな演奏、人生で一度も聞いたことなかったですからね。あれこそ芸術って感じで、魂思い切り揺さぶられました」

「そう。それが生きてる証拠ですよ。さっきの聴衆も揺さぶられたいんです、魂を。肉体は朽ち果ててしまっても、魂は残っているから。さあ、夜も遅くなった。今夜はここに泊まっていってください」

そう言うとマクシモ蒲志田は、千尋を部屋の中にいざない、二階に案内した。

階段を上がるといくつも部屋があってそのうちの一つの部屋に入った。入り口においてあった白い鞄をさっきの給仕兼執事が持ってきてくれた。

「それでは、おやすみなさい」

「ああ、ゆっくりしていってください」

千尋は、部屋のドアの傍までついてきてくれたマクシモ蒲志田に手を振ると部屋の扉を閉めた。

＊＊＊

それから三日間、千尋は、このアパートで過ごした。日中は、九階建てのアパートの全ての閉じられた窓を見て回った。三〇〇室程ある。窓の横には小さい名札がついていた。故人の名前だ。外国人の名前もいくつかある。そして、昼食時には、マクシモ蒲志田と一緒に食事しながらいろいろなことについて話をし、夜は三日続けて彼のバイオリン・コンサートを聴いた。相変わらずアパートの物言わぬ住人達で満席で、演奏後は、聴衆の流す涙で大理石の床が濡れていた。そして、四日目の朝、千尋は、そこを出た。朝見るマクシモ蒲志田は、夜の堂々とバイオリンを弾く雄々しい姿と比べ、少し小さく見えた。

「御世話になりました」

「ああ、ところでこれからどうするんです？」

「やることがあるんです」

「そう」

「マクシモ蒲志田さんは？」

「私は、いつもここにいるさ」

「コンサートホールとかでコンサートしないんですか？　引く手あまたなんじゃないですか」

「いや、私は外に出ると、まだちょっと肉体的精神的に不安定になることがあるんでね、だから私はここでいいんだよ」

「でも、誰にも知られずに独りで弾くなんてちょっと寂しいですよね」

「三〇〇人の聴衆はいつも一緒さ」

「それはそうですけど。でも、誰かと合奏とか協奏とかしないんですか」

「合奏、協奏ね」

マクシモ蒲志田は、少し考えて言った。

「それは、一つの考えだね。あまり考えもしなかったよ。ずっと独奏だったからね。それじゃあ、もし、ここに来たいっていう殊勝な音楽家がいたら連れて来てください」

「ええ、そうします、必ず。それじゃ」

千尋は、手を振ってマクシモ蒲志田と別れると、長い階段を一気に走り降りていった。そして、階段の下からもう一度、そのアパートを仰ぎ見た。

九階建ての全ての窓のふさがれた白い団地のようなアパート墓地は、朝日が射して赤々と燃えているようだった。

＊＊＊

あれから三年。月日はあまりにも早く誰の上にも流れていった。そして、人の人生は転がる石のように変わっていくものである。

千尋は、新しいアイデンティティーを得て、第二の人生を始めていた。怜人の残してくれた資産を元に彼の引き継いだインターネット出版事業は成功をおさめ、企業は急速に躍進し、あっという間に世界の市場のかなりの部分を占めるまでになっていた。電子出版が本格的に普及し始める時であり、非常にタイミング良く時代の要求に応えた事業だったのだ。

しかし、千尋はあくまで表には出ず、敏腕社長を雇い、自分は、名誉会長として君臨していた。総資産は、既に一兆円に迫ろうとしていた。資産管理は万全にして、最近は、慈善事業も兼ねて、新しい芸術家や才能の発掘事業を趣味として始めていた。マクシモ蒲志田の様な埋もれた才能を発掘することは自分の義務の様な気さえしていたのだ。

巴里で、音楽家として成功をおさめ始めていたにも拘わらず、急に体調を崩し、難聴となり天国から地獄につき落とされたと感じながら、帰国して自分の不運と世間を責め続けていた若い女流ピアニストに千尋は偶然に出会った。彼女は、うらぶれたバーでホンキートンク・ピアノを奏でていた。しかし調律されていないオンボロピアノから奔流のようにあふれ出る超絶技巧に裏付けられた芯の強いパワフルな音に千尋は、マクシモ蒲志田と同じ芸術を感じた。

「本物だ」

千尋は、すぐに彼女と話し、説得し、マクシモ蒲志田のところに送った。そして二人で自分達の演奏をレコーディングするよう全てを手配した。

来月には、彼らのバイオリンとピアノの協奏曲のアルバムが出ることになっている。

「本当の芸術を知ることはいいことだ。人生の意味を教えてくれる」

それが千尋の口癖になっていた。

＊＊＊

「そろそろかな」

千尋の乗った真っ白いリムジンは、どぶ板のまだ残る薄汚い路地の間を軒先すれすれに走っていた。下川町だ。

「全然変わってないな、この風景。結構時代から取り残されてる感じ」

千尋は、虹川ひとみとのクリーニング店での最初の出会いを思い起こしていた。

ちょっとやぼったいルーズな青のワンピースを着ていて、おかっぱの頭にふっくらとした幼顔の彼女に、めずらしく千尋のほうから声をかけたのだった。

「あの、ここでのお仕事長いんですか」

「はい。二年ほどです」

「面白いですか？」

千尋は、ぶしつけかもしれないと思いながらも率直に訊いてみた。結構地味な仕事だと思えたこと、そして彼女ほどのかわいさがあればもう少し大きなところで、いや大きな舞台で活躍できるんじゃないかと直感で思ったからだった。

「仕事ですから。はい、できあがり」

「あっ、はやい」

千尋のジャケットの糸がほつれて取れかけていたボタンは、きれいに縫い付けられていた。

「ありがとう。あの、僕こういうものです」

千尋は、会社の名刺をポケットから取り出すと、名刺に自分のメールアドレスを書き込み彼女に手渡した。それから、二日後、クリーニング店にシャツを取りに行った。

その時に、千尋はカメラを持っていった。そして、レジのおばさんがクリーニングされたシャツを店の奥に取りに行った隙に、座って裁縫をしている彼女にいきなりカメラを向けた。

「一枚撮らせて下さい」

そういってシャッターを切った。

彼女は、「あの、すみません……」って言って断ろうとしたけれど強引に撮ってしまった。

それから、こう言った。

「今日、この街での仕事がおわります。でも、あなたに出会えてうれしかったです。だから写真送ります。お名前は?」

「ひとみです。虹川ひとみ」

「ひとみさんか。いい名前ですね。写真絶対送ります」

そう言って、レジのおばさんにお金を支払うと彼女のほうにさかんに手を振って店を出ていった。彼女は、ちょっと顔を赤らめて下を向いていた。

その後、千尋は自分でも驚くほどに積極的に動いた。撮った写真をすぐに現像してもらい、クリーニング店に手紙と共に送付した。ピンボケの写真ではあったがそのまま送った。そして、手紙には、彼の想いを真摯につづった。初めて素敵な人に出会って、好きになってしまったこと、一度でいいから、一緒に食事をしたいこと。できれば、来週の金曜日の夜七時に都心の待ち合わせ場所として有名な大きなモヤイ像の前で待っているとして、折り紙を折って手紙に添えた。折り紙は金のマキガイだ。結構折るのが複雑で面倒なものだが懸命に折って封筒の中にいれた。そして、昼休みに郵便局に立ちよって手紙を投函したのだった。

次の週、千尋は都心のモヤイ像のある待ち合わせ場所で時間通りに待っていた。半分あきらめてはいたが、もし万一彼女がやってきて、自分がいなかったら約束を破ることになると思い、そして、もちろん彼女が現れることを切に祈りながら待っていた。

周りには、同じような相手方を待つカップルの片割れやただ単にボーっとしている奴や誰かかわいい娘《こ》を見つけてナンパでもしてやろうという妙にぎらぎらした目つきの男達がたくさんいた。

午後七時という時間はちょうどカップル達が待ち合わせる時間だ。その七時がやってきた。千尋は像の前できょろきょろしながら待っていた。周りにいた男達は、少しずつやってきた相手の女の子とランデブーしてそこを離れていった。五分たち一〇分たった。

彼女は来ない。千尋は、少し焦ってきた。

「やっぱりだめだったかな。考えてみれば少し強引だったから」

あきらめて帰ろうかと思った時、後ろから呼びとめられた。

「あの、千尋さん」

千尋は後ろを振り返った。

そこには、赤いマフラーを巻いた白いセーター姿の女の子がぽつんと立っていた。

「あっ、ひとみさん」

千尋は、笑顔で言った、よかったと心の中で安堵しながら。

彼女のいでたちは、まさに田舎から出てきたばかりの純情な娘という言葉がぴったりだった。やぼったいセーターと長いスカート、丸いスリッパの様な木靴。しかし、彼には、とても純朴でかわいい、彼女にぴったりの服装に思えた。

「ありがとう、来てくれて」

「はい」

「あの、それじゃあ食事に行きましょうか」

「はい」

それからは、ぎこちない会話と不自然な体の動きを伴う緊張の中で初めてのデートを終えた。手さえつなげず、最後は、地下鉄の駅で別れただけだった。次のデートの約束さえしなかった。それから二ケ月ほどたって、千尋は再びデートの誘いの手紙を出した。そのデートでようやく手をつないだ。それからやはり二ケ月後に手をつないだデートをした。しかし一向にその先へ進展しないまま、千尋は会社の上司との理不尽な関係に耐えられず、飛び出して行き、それっきりとなってしまったのだった。彼女がパートナーと住んでいることや私服が結構派手なことや、見た目と内面が全く違っていることなどは知る由もなかった。だから、前回彼女のアパートに忍び込んで真実を知った時の千尋の落胆は大きかった。

＊＊＊

「あの階段の下に付けて」

千尋はリムジンの運転手に言った。

白いリムジンは、静かに長い階段の下の広場に入って行った。そして、小型トラックのそばにゆっくりと止まった。トラックの扉には大きな薔薇の花かごが描かれていた。花屋のトラックだ。千尋は、トラックに描かれた赤や黄色の薔薇の花の絵に目をやりながら階段を上って行った。階段の途中で上から降りてきた五人の若者とすれ違った。

「ほんと、結構きつかったなあ」

「ああ、ありゃあ、凄い量だぜ」

そう口々に言って汗をぬぐいながら降りていった。花屋の店員か、運送屋の男達なのだろう。

千尋は、アパートの前までやってきた。

「おお、すごいな」

アパートの入り口から二階の階段まで真っ赤な薔薇の花びらがびっしりと赤い絨毯の様に敷

き詰められていた。千尋は、その絨毯を踏まないよう、端を通って階段を上がってゆく。階段中が真っ赤なバラの花びらでうめつくされ、その薔薇の赤い絨毯は二階廊下を通り、彼女の部屋の前まで続いていた。千尋は、彼女、虹川ひとみの住んでいるはずの部屋の前までやってきた。ドアの横に着いている呼び鈴を鳴らした。一回、二回、暫く鳴らしていたが一向に返事がない。

「いないか。もしかしてまだ鍵はここに置いてあるのかな」

千尋は、部屋の扉の前に置いてある灰色のカーペットをめくりあげた。

「あった」

黒っぽい煤けた鍵が昔と同じ場所に同じ様に置いてあった。

その鍵で扉をあけると躊躇せず中に入って行った。居間からベッドルームにかけて部屋の中も真っ赤なバラの花で一杯だった。緑のスポンジの容器に刺すようにいけられた真紅の薔薇の花の海だ。部屋に入りこむ風で一斉に薔薇の花びらが揺れ、甘い香りが立ちあがった。

「一〇〇万本の薔薇の花だからね」

千尋は、ほくそえんだ。そうなのだ。この薔薇の花は、彼が事前に花屋に頼んでおいたものである。鍵の場所も教えて、部屋の中にも飾るように花屋に指示したものだ。

部屋の中まで勝手に花で飾るのは彼女のプライバシーの侵害ではあるし、どうかとも思ったが、彼女を驚かせてやろうという気持ちが勝って、そのまま飾ることにした。

これが、千尋の偽らざる彼女への気持ちと彼女との別れの決意の表れなのである。

「僕の気持ちが変わっていない証拠かな。ちょっと強引だけど。まあ最後の感謝の気持ちを込めたものだから」

その時だ。階段の下のほうから声がした。

「何だ、この花」

「すごい、薔薇の花」

「一体、どこまで続いてんだ」

そういう男の声と、ドンドンと階段を上がる音が聞こえてきた。

千尋は、鍵を灰色のカーペットの下に置くと、部屋の中に入って行った。以前ここを訪ねた時と同じように寝室の中の銀色にピンクのミジンコ模様のプラスティック製のクローゼットの中に隠れた。

「おい、ひとみ、お前の部屋まで続いてるぜ」

「ほんとだ」

「誰かいんのか、俺の他にパトロンでも。こんなことする奴ってよっぽどの道楽者じゃないとできないぜ」

「いないわよ。でも、誰だろ」

そう言って、彼女は部屋の前のカーペットの下から鍵を取り出すと、扉を開けて中に入ってきた。

「まあ、部屋の中まで。大家さんが入れたのかなあ、でもいい匂い」

「ったく、こんな部屋の中まで花でいっぱいにしてさ。どういうつもりかね。お前に惚れた奴いんじゃないか?」

「知らないって言ってるじゃない。しつこいわね、ヒロシったら」

ひとみは少し苛立って言った。それから薔薇の花の海の中に入って行き、両手で花びらを撫でてゆく。

「こんなに一杯の薔薇の花、初めて見たわ」

「けったくそ悪いぜ、こんな薔薇の花」

ヒロシが乱暴に花を引っこ抜き投げ捨てた。

「痛《いて》て」

ヒロシは急に顔をしかめ、右手をおさえた。赤い血が人差指からピュッと噴き出した。

すぐに指を口に入れ、舐め始めた。

「痛《いて》えよ。この薔薇の花、棘があるじゃないか」

「綺麗な薔薇には棘があるのよ。当たり前じゃない、馬鹿」

ひとみは、そう言って薔薇の花の中に飛び込むようにして顔をうずめた。

「いい香り」

ひとみの体が真っ赤な薔薇の花の上をゆっくりと転がってゆく。

「あは、あはは、これって気持ちいい」

ひとみの体は、柔らかな花びらの上を滑らかに滑るのだった。

しかし、突然金切り声が聞こえた。

「きゃあーっ、痛い！」

花びらの上を泳ぐように転がっていたひとみが花の中にうずくまり、両手で顔を押さえた。

突如、数匹の大きな蜂が薔薇の花の中から飛び出してきた。そしてひとみの頭の周りでぶんぶんと音を立てながら舞い、彼女に付きまとった。ひとみは両腕を振りまわして蜂を追い払うが、頭の髪の毛の中にも何匹かもぐりこみうごめいていた。

「痛い、痛いよ。ヒロシ」

「どうしたんだ。ひとみ」

「蜂よ」

「蜂か。この野郎」

男は着ていたジャンパーを脱ぎ、振りまわしながら蜂をたたき落とそうとする。しかし、なかなか叩き落とせない。今度は、部屋の窓を一杯に開き、再びジャンパーで蜂を追い払った。それからひとみの髪の毛をジャンパーで何度も払った。蜂はブーンという音を残して全匹が窓から飛び去っていった。

「飛んでいっちまったぜ、蜂のやつ」

「痛いよ、目が痛いよ。熱いよ、目が焼けるように熱いよ」

「見せてみろ」

ヒロシが、ひとみの顔を覆っていた両手を無理やりはがした。

「うえっ！」

ひとみの顔を覆っていた手の下には、真っ赤に醜く腫れあがった瞼と白目をむいた目がヒロシを見据えていた。

「うわーっ」

男は、腰を抜かさんばかりに驚きうろたえた。

「ヒロシ、た、助けて、痛いのよ」

ひとみが泣きながらヒロシの腕にすがろうとする。

「わ、離せ、離せ、化け物」

ヒロシは、ひとみの両手を振りほどき、ひとみの体を思いっきりつき倒した。ひとみの体は、薔薇の海の中に、背中からダイビングするように宙を飛んだ。

「いやーっ」

薔薇の花に埋もれて号泣するひとみを残して、ヒロシは部屋を飛び出して行った。階段を走り降りる音が響いた。

残されたひとみは痛みにゆがんだおぞましい顔を両手で押さえながら泣きわめいている。

「ヒロシ、ヒロシ、助けて、行かないで、捨てないでよ」

号泣するひとみの姿をからかみの隙間を通してクローゼットのジッパーの間から見ていた千尋は不憫さに耐えかねて、ジッパーを下ろし、クローゼットから出た。そして、薔薇の花の中にうずくまり、泣きわめくひとみを抱き起こすと、顔を見た。ひとみの両瞼は異様に腫れて紫色に変わり、顔全体が大きくむくんでいる。目は完全にふさがれていた。

「誰?」

ひとみが泣くのを一瞬止めて尋ねた。

「安心しろ、あやしいものじゃない」

そういうと千尋は、うずくまる彼女の前に立ち、炎上する彼女の顔を消火しようとアンモニア入りの生温かい液体を彼女の顔にひっかけた。液体は、彼女の両目で湯気を上げた。

「きゃあ、何これ」

「応急措置だ。蜂にさされた時はこれが一番なんだ。特にクマンバチにはな」

かなりの量が放出された。既にひとみの号泣は止んでいた。痛みが和らいだようだ。

「どうだ」

「うん、痛みが少し引いた」

「応急的な自然療法だ。目に入った毒を洗い流すんだ。これで失明は防げた」

彼女の痛みにゆがんでいた顔は、やがて、安堵の顔となり、それから穏やかな顔となった。

「ありがとう」

ひとみは、目を開いて千尋を見ようとするが、まだ十分に開けない。

「病院に行こう。さあ、背中におんぶだ」

千尋は軽々とひとみを背中に背負い、部屋を出た。

「さっきの男、血相変えて飛び出して行ったぜ。化け物って叫びながら」

「ひどい奴。あんな奴だとは思わなかった、ヒロシって」

「ヒモの風上にも置けねえな。あっ、すまねえ、ヒモじゃねえか、同居してるんだっけ」

「いいわよ。ヒモみたいなものだから。高校の同級生のよしみでおいてやってるんだけど、未だにぶらぶらしてるのよ。まあ、あたしが飼ってあげてるみたいなものだけど」

「そうか。でもあんなやつ別れたほうがいいな。俺の見たところ」

「そうするわ。本心見たって感じだし、それにだらだらと飼い殺しみたいになってるから、あいつのためにも、そろそろ区切りつけたほうがいいかなって思ってたとこだし」

「ところであんた誰なの？　なんであたしのこと助けたりすんのよ」

ひとみが、千尋の背中から顔をつき出して薄目を開けて覗き込んできた。そして、はっとして大きな声を上げた。

「あっ、千尋？　千尋なの、あんた」

「いいや」

「千尋そっくりじゃない。体つきは全然違うけど」

「千尋のいとこだ。千尋からあんたのこと見届けてくれって言われてたからな」

「千尋から？」

「ああ、フラット・マンドリン届いたかって」

「フラット・マンドリン？　ああ、あれ。もう何年も前のことだからね。もうとっくに質入れしちゃったよ」

「そうか」

「悪かったわね。わざわざ訪ねて来てくれたのに。でもね、あの人もう昔の人だから、あたし忘れることにしたの。もう、成仏してくれたと思うから。悪いけど、あたしはこの世の人だから」

「そうだな。昔のことにこだわっていても仕方ないしな」

千尋は、部屋から出て、薔薇の花びらの敷き詰められた廊下を歩き、階段を下りた。そして、坂道の長い階段をひとみを背負って下りていった。

「この水アンモニアくさいわ。もしかしてあんたの……」

「仕方ないさ、応急措置で消火した。みごと鎮火しただろ」

「はは、そうね、もう痛くないわ。目も開いたし」

「そうだろ。人の体って結構したたかに生きるための道具を内蔵してるんだよ」

「そうね、あははは」

「ははは」

二人は、声を上げて笑った。

その時、坂の上から急に突風が吹いて来て、赤い薔薇の花びらを空に巻きあげた。

花びらは、坂の長い階段を下っていく千尋とひとみの上に雨の様に降り注いだ。

真っ赤なおびただしい数の花びらが午後の日差しの中をキラキラ光りながら落ちてくる。

千尋は階段の上で立ち止まり、花びらに覆われた空を眺めた。ひとみも舞い上がる真っ赤な薔薇の花びらの雨を腫れた瞼を大きく見開いていつまでも見つめていた。

＊＊＊

千尋は、岬に向かって歩いていた。ちょうど椿の花咲く春の日であった。

それは、かつてきた道だった。崖の下で岩に砕かれた波のしぶきを、冷たく重い磯の風が涙にぬれた顔に吹き付けていたっけ。そんなことを考えながら千尋は岬への坂道を上がって行った。今日は五人の女子高生の後を追いかけている。千尋の歩く先一〇〇メートルほどに、五人の女子高生が手をつなぎ合って坂を上っていた。

ちょうど椿の並木道に差し掛かったところだ。女子高生の制服は、二人がおそろいの赤のチェック柄のスカートに青のブレザー、残りの三人が紺色のスカートに灰色のブレザーだ。

並木道でさっと春風が吹いた。すると砂埃が立ちあがり、椿の花が揺れ、女子高生のスカートが一斉にまくり上げられた。

「左から、白、白、黒、黄、ピンクだな」

千尋は、スカートの下でまぶしく春の日に照らされ輝いたそれぞれの下着を目に焼き付けた。材質まで分かりそうだ。

千尋は、彼女達に追いつこうと足を速めた。そろそろ椿の並木道の一番高いところに着く。あの黄色い椿の花が咲き乱れていたところだ。

千尋が、早足で歩いていくと、彼女達は、黄色い椿の花の下のベンチで五人一緒に座り、手をつないでさめざめと泣いているところだった。座る順番も並んで歩く順番とおんなじだった。友達とはいえそれぞれ自分の立ち位置があるのだろう。

「最後の決心か」

千尋は、下を向いて泣きながら手を固くつなぎ合って何やらぶつぶつと呪文のようなものを唱えている彼女達の前に立った。呪文は「みんな一緒だよ、最後の瞬間まで一緒だよ」という言葉の繰り返しだ。

彼女達は、千尋の存在に気がついていない。

「ようっ」

千尋は、大きな明るい声で彼女達に挨拶した。

「きゃっ」

彼女達は一斉に驚きの声を上げた。

「君達の座っているベンチ何だか知ってる」

「ベンチ？　知らない」

それぞれ顔を見合わせながら答えた。

「ここは、名所なんだよ」

「名所？」

「そう、毎日多くの人が訪れる名所。みんな、人生に何らかの失望感や絶望感を抱いてやってきて、このベンチに座るんだ。そして、このベンチには春の風が吹いてきて、ここで咲き誇る椿の花を揺らすのさ。でも、この春の風は……」

その時、音を立てて風が吹き、椿の香りを匂いたたせた。千尋は一瞬の間をおいて、言葉を続けた。

「春の風は、生死の間に吹く風さ。いろんな人がこのベンチで今までの人生を振り返り、これから先のことを思い、絶望か希望か、その間で人生最後の決断をしてこのベンチを後にするんだ。そして、最後の風が吹くと椿の花も一つポトンって一緒に落ちてゆくんだよ。君達は決断しようとしてるんだろう？」

彼女達は黙り込んでしまった。

千尋は話題を変えた。

「君達は友達なの？」

「はい。親友です」

一番左のおさげの子が答えた。

「同じ学校？」

「ええ、恵美子とあたしは同じ学校。それから、幸とひろみと桂子は別の学校」

「あたし達、親友です。いつまでも変わらない。同じ悩みを持って、同じ気持ちを分かち合える親友」

「そうよね」

「いつもいじめられている世界一不幸な親友です」

おさげの子の言葉に、また、皆がさめざめと泣き始めた。

「その親友がなぜここに？　ここから皆で手をつないで……」

「はい」

「薫、それは……」

「いいのよ、恵美子。もう、どうせ私達すぐにいなくなるんだから。この世から」

「そうよ。一緒にいなくなるって皆で誓ったんだから」

「君達、覚悟して来てるんだ、ここに」

「もちろんよ。それに、あたしこれまで何度も同じ悩みを抱えた先輩達の旅立つのを見届けてるもの」

「どんな風に旅立ったの？」

千尋は、薫という、おさげで幼い顔をしているが彼女達の中でも一番頑固で一途そうな女の子に訊いた。

「最後の旅立ちは、去年の春の夜。無人駅の停車場だった」

「停車場？　もしかしてそこで」

「そう。あたしの先輩達五人が皆手をつないで停車場のベンチに座ってた。あたしだけが年少ってことで記録係になったの」

「記録係？　何それ」

「見届けて、語り継いでゆくのよ。いつか来る日のために」

「それで」

「月の明るい夜、特急電車が無人駅を通り過ぎるのよ。遠くから汽笛の音が聞こえてくる」

「いやあ」

　他の女の子が泣きながら耳をふさいだ。

「特急電車が無人駅の線路の向こうに現れると、一番年長の先輩が立ち上がって、〝さあ、行くわよ〟って号令をかけるの。そうすると他の皆も手をつなぎひとりずつ立ち上がったわ。年長の先輩が〝薫、あたし達の最後よく見届けておくのよ〟って言って構内に入ってくる直前の特急列車の通る線路に次々に手をつないで飛び降りて行った」

「きゃああ」

女の子達が叫びを上げる。

「ゴンっていう音とぐしゃっていう音が重なり合って、特急電車の前方に先輩達の体がバラバラになって飛び散っていくの。あたしは、目を閉じずに、それをしっかり見守り、見届けたわ、今日の日のために」

「薫！」

今度は薫という女の子を含めて全員が号泣し始めた。

何とも壮絶で凄まじくもおぞましい話だ。

「それで？」

しかし、千尋は尋ねた。

「それでって何？」

薫が一瞬むっとして言った。

「その後どうなったんだ。電車は停まっただろう」

薫は一瞬次の言葉に詰まった。

「電車が停まったら悲惨な光景が広がってるのよね、薫。話してよ」

恵美子が言った。

「そうよ。薫、話して、もう最後だもの」

他の女の子達が口々に言う。

薫は、大粒の涙をこぼしながらも大きく息を吸って話し始めた。

彼女にとっては、おそらくは大きな決断がいるのだろう、昔の悲劇を語るには。

「停車した二両編成の列車の後ろの車両から男の子のグループが降りてきたの。隣町の札付きの不良グループだったわ。しょっちゅう警察のお世話になってるって噂だった。降りて来るなり、あたしの周りを取り囲んで色々ちょっかい出してくるの」

「どういう風に？　きみ可愛いねとか？」

「違うわ。〝こんな夜に君みたいな子が夜一人でいると危ないよ。それとも冒険を待ってるのかな、ちょっと可愛がってあげようか〟って。あたしは体を固くしてそいつらを無視してたわ。その時、一両目の乗客が、女子高生の集団自殺だって騒ぎ始めたの。それから、グループの仲間がリーダーの番長に知らせに来たわ。〝番長がツバつけてた女子高生が飛び降りやらかして、もう体がバラバラで顔も鼻からそげてて……〟って」

「きゃあ」

女の子達が両手で口を押さえながら叫び声を上げる。

「そのことを聞いた番長があたしの所に来て、あたしを凄い形相で睨みつけたの。そして、あたしの胸ぐらを掴んで、そのままあたしを宙に吊り上げて言ったわ。〝おい、お前、見てたのか、皆が飛び降りてゆくのを。何でお前だけがここに居るんだよ。お前何で止めなかったんだよ〟って。あたしは、息ができずに返事もできなかった。その上、失禁してベンチを濡らしてしまったの。周りの男の子達がこいつもらしやがったって囃したてたわ。〝お前もしかして逃げたのか。お前だけ逃げたんだな〟番長が大声で叫んだ。あたしは、声を振り絞って〝見届けるように言われたの〟って答えたの。その時、遠くからサイレンの音が聞こえたわ。

するとすると番長はあたしをベンチに乱暴に降ろした。そして、あたしが、手にビデオ・カメラを握り締めてるのを見つけて、それを無理やり奪い取ると、中を見たの。〝へええ、そうかい、そういうことかい。こりゃあ金になるぜ。おい、このビデオはもらっとくぞ。誰にも言うんじゃないぞ。お前は、自殺を止めずに、助けたんだ。自殺ほう助だぜ。こりゃあ犯罪だ。いいか、わかったな〟そういって、グループの仲間達と、線路におりて踏切と反対の方向に走っていった」

「ビデオをとられたのか」

「そう。あたしの先輩達が命をはってみせた最後のビデオを、畜生、ウエエーン」

薫が悔しそうに泣いた。

「それでどうなったんだ、そのビデオ」

千尋は尋ねた。

「あいつに売られてマニアックな裏ビデオ市場に出回ったわ。でもね、あいつら半年くらいして全員罰《バチ》があたったんだ」

「罰《バチ》が？」

「そうよ。あの無人駅の踏切で、あいつら全員が乗った盗難車がエンコしちゃって立ち往生だよ。そこに特急列車がつっこんで全員即死」

「やったあ」

他の女の子達が拍手した。

「先輩達が罰《バツ》を下したんだよ。ざま見ろだ」

薫が勝ち誇ったように言った。

しかし、千尋は、そのビデオを既に見ていた。彼女達をマークしている時にその話を聞いたことがあったのだ。ビデオ自体は、月夜ではあるが画像が暗く、手が震えていたのか映像の質も悪くて何が映っているのかよく分からないものだった。それに五人の内、三人は、どうやらセーラー服を着せた人形のようであった。コミュニケーションが苦手なはずの薫達にそんなに多くの友達がいるとは思えないこと、やはり一人では実行は恐ろしいので人形を連れていったということなのだろう。薫の話も結構脚色があるのだが、それは仕方のないことである。千尋は、あえてそういう矛盾を指摘することはせずに、同情するように言った。

「やっぱり苦しかったんだ、悲しかったんだ」

「そうよ、あたし達皆それぞれの学校で一番不幸な子達なのよ」

「わああ」

皆でまた、べそをかき始めた。

「わかった。ところでさあ、君達が最後に見たいものは何?」

「何で?」

「いいじゃない、最後に何考えながら飛び込むのかなと思って」

「そんなの知らないし、人に言う必要もないじゃない」

薫が少し怒って言った。

「いいじゃないか、最後だから。俺は、みんなのこと応援してるんだからさ」

「応援てね、あんた見世物じゃないんだから、あたし達」

　五人はそれぞれフクレ面をした。

「それじゃあ、言うけど、ここから飛び立った後には、君達の美しい友情や強い絆や先輩達への義理立てなんかは何も残らないんだよ」

「なんで？」

「そうよ、あたし達の友情は不滅だよ」

「そうよ、そうよ」

「違うね。生きている間だけだよ。友情が存在できるのは。あの世で友情がまた花開くことは全くない。それに、最後の決断の瞬間、君達の内の誰かはその友情を破るかもしれないんだ」

「ええ？」

　彼女達は、顔を見合わせた。

「そんな裏切る人なんていないわ。そうよね、幸」

「あたりまえでしょ。桂子」

「どうだか。それにそれだけじゃないんだよ。決断を下して飛び立った君達の最後のイメージは、あの崖の下の岩に砕かれた惨めな肉体だけだ。恵美子ちゃん、君は、同じ組に君のことを密かに想っている男子生徒がいるじゃないか」

「えっ、何で知ってるの、春樹君のこと」

「そんなのすぐに顔で分かるんだよ。でもね、それでも、君があの波打つ岩の上に砕け散った時に、残されたあわれな春樹の目にうつるのは、君の汚物で汚れた白い下着と、頭蓋骨から飛び出した無様な目の球と、かち割れた頭からぶら下がる脳みそくらいなんだ。それは、皆も同じさ。薫ちゃんは白、幸ちゃんは黒、桂子ちゃんは黄、ひろみちゃんはピンクだろ」

「いやだ、何、何、何で知ってるの？」

彼女らは口々に驚きの声を上げた。

「俺は何でも知ってるのさ」

「それに薫ちゃん、先輩は、ほんとは薫ちゃんに生きてほしいって願ってたんだよ。自分達の分も生きてって」

「なんで分かるの」

「言っただろ、俺は何でも知ってるし、分かるのさ。それに、君達が世界一不幸せなのは、みんな自分自身でそう決めつけてその世界から動かないからなのさ。俺から見れば君達は皆純粋で、世界一幸せな女の子だよ」

「なによ、それ」

女の子達が困惑気味に顔を見合わせた。

「ところでさ、さっきの最後に見てみたいもの見たいって思わないか？」

「最後に見てみたいもの？」

「ああ、あたしピンクの象。前から見てみたかったわ」

ひろみが言った。彼女は、まだ中学生の低学年かもしれない。あどけなさの残った顔とそれに似合った子供じみたファンタジーの世界にいるのだろう。

「じゃあ、あたしは地獄の堕天使のタトゥー。腰骨の上に入れて、後ろのジーパンの上からそれが見え隠れするの」

幸が言った。

「あたしは、ダイヤで飾った最新の携帯電話」

桂子が言った。

「なんだ。そんなの、あたしは彼氏と夕暮れに見るカリブの白いサンゴ礁だわ」

薫が言った。頑固な割に、意外にロマンティックなのかもしれない。

「あたしは、春樹の勇気」

恵美子が言った。

皆はしゃぎながら話す。

「なんだ、結構あるじゃない、大方が物質的なものだけど。そこで、俺は君達に言いたい」

千尋は、一歩前に出て彼女達の目をしっかりと見つめながら言った。

「何？」

「今日の春風はいたずら風、迷い風なんだ。だから今日は決断の日じゃない。ということで、君達は、今日この街の老舗旅館『椿屋』に泊まることになる。女将の美登利さんが世話してくれるからそこで三泊する。その間にみっちりとジムのメニューをこなし、夜はエスコート付で、岬社交クラブや人形浄瑠璃、オペラを鑑賞するんだ。それから、いいかい、これを君達に渡すから」

千尋は、ポケットから小さなリュックサック型の財布をいくつも取り出した。

財布の色は白、白、ピンク、黄、黒だ。

「中には新札三〇〇枚がそれぞれ入っている。君達は、それを四日間で全て残すことなく使ってしまわなければならない。使ってしまえば君達は再びここに来ることは決してないだろう。好きなところに行くがいい。もし、それが使い切れなかったら、その時は、再びここで君達と再会することだろう」

そう言うと、千尋は、全員にリュックサック型の財布を手渡した。そして、大きな声で言った。

「さあ、今日はこれで終わりだ。帰った、帰った、帰った！」

そう言って、彼女達をベンチから立たせると手を叩いて追い払った。

ボディビルダーの様なごつごつのいかつい体の千尋が大声で叫ぶ姿はさすがに凄味があった。彼女達はとまどいながらも足早に椿の並木道を街のほうへと下って行った。

「さあ、これで午前中の組は終わりだ。午後は、いよいよあの人だな」

千尋は黄色い椿の花の下のベンチに座り、足を組んだ。

「彼女達は、これからあの老舗旅館にゆき、そこの女将の美登利さんから至れり尽くせりの歓待を受けるのだろう。そして、トレーナーについてみっちりと体を鍛え、最良の食事を与えられ、温泉で体をゆっくりと休めるのだ。夜には、岬社交クラブのえり抜きの五名のイケメンにエスコートされて、初めてのショーや人形浄瑠璃やオペラを堪能することだろう。それから初めての高級品のゴージャスな買い物。これらすべてを経験するのだ。おそらくはそこから彼女達の新しい道が確実に開けるはずだ。そしてもうここには戻ってこない、自分の時と同じ様に」

千尋は、ベンチに落ちていたそれぞれの花びらが違う色の椿の花を手に取り、怜人との出会いのことを懐かしく思い起こしていた。

＊＊＊

長峰は、木製のベンチに横たわり、腕枕をしながら空を眺めていた。空は明るい太陽に焦がされてカラッと澄みわたっていた。空の青と海の青がくっつき水平線さえもがおぼろだ。

「快晴か」

春の日差しに温められた春風は、花の香りを運んでくる、椿だ。ベンチの上のほうには群をなして咲き誇る黄色い椿の花が揺れていた。そして、水平線の上には、もう一つの物が見える。はきつぶした革靴の先からはみ出た汚れた靴下の先っぽだ。

この三年間で何もかもが変わってしまった。大手企業の次長を依願退職してから、暫くは失業保険で暮らしていた。しかし妻と子供は里に帰り、離れていった。仕事の鬼だった自分から仕事をとれば多くは残っていない。人生を転がり落ちるのは早かった。日雇いの仕事から、いつの間にか青テントでの生活に入った。焼酎の味を覚え、皮膚が赤黒くなるまで酒に浸った。見る間に荒んだ生活は体をむしばみ、体中に黄疸ができ、髪の毛も抜けた。

五〇代のまだ働き盛りのはずなのに七〇代に見えてしまうほど、背骨は曲がり、白髪の頭は禿げ、顔には深いしわが刻まれた。体の不調だけなら、何とかなるが精神的にも病んでいた。

「俺が部下を自殺においこんだっていうのか、何でだ？」

この三年間、彼はこう自問し続けてきた。

「俺は、社内でもトップの営業成績を上げてきた。部下もやりがいを感じて俺について働いていたはずなんだ。それなのになぜだ？　あいつは新人だったから、思いっきりこき使ったことは確かだ。しかし、社員は上司に鍛えられてしたたかとなり、戦力となり、伸びてゆくものなのだ。しかし、あいつは自らつぶれてしまった。そして、そのことを俺のせいにして遺書を残して逝ってしまった。なぜ、俺にぶつかってこなかった。なぜ、ひとこと俺に本気で愚痴をこぼしたり、なぐりかかってきたりしなかったんだ。時代が違うのか？　俺達のモーレツな競争の時代とは。

部下の自殺、しかも上司を責めるような遺書を残しての自殺は俺にとっても痛かった。俺は俺なりに自分の管理責任を取って辞めてしまった。辞めるほどでもなかったが、あの時は、結構ショックで責任を感じて勢いで辞めてしまったのだ。人生すぐにやり直せると思ったからな。だが、この厳しい冬の経済の時代に、再就職先はなかなか見つからなかったんだ。警備員とかパートとかいろいろやったが長続きしなかった。

ある日腹をすかせて公園をうろついていて、ごみ箱に捨てられていた弁当を見つけた。手に取ると白いご飯や食べかけのカツレツが三分の一ほど残っていた。近くで俺のその様子を見ていた子連れの主婦の眼差しが俺の背中に痛いように突き刺さった。しかし、俺は腹が減っていたんだ。構わず夢中でその冷や飯と味気ないカツレツを貪った。俺は一瞬、まるで自分が都会のジャングルの中の果敢なサバイバーになったような気がした。社会の掟や因習から解放され、自由になったと感じた。そして、俺を見る主婦の侮蔑を含んだ厳しい眼差しさえもがサバイバルする強い雄に向けられた羨望と尊敬の眼差しの様に思えたんだ。

しかし、それは一瞬の幻想だった。その残飯をあさったのが、それからの人生の転落の始まりだった。あれで、これまでの社会人としての自負と自覚と人格がなしくずし的に崩れていったのだ。あれからだ、服も下着も替えずに地面を這いずり回る青テントでの生活が始まったのは」

長峰は、ベンチから立ちあがると、椿の並木道の片側の手すりのあるほうに向かった。

青い海と空が遠くに見え、波の音が聞こえる。そして、下は断崖絶壁だ。下のほうに岩にぶつかり千切れる白い波が見える。

「あいつはここから逝ったのか」

長峰は白い波を長い間見ていた。

「なんでそこまでする必要があったんだ。こんな目も眩むようなところから飛び降りる必要なんてなかったじゃないか。そんな勇気があったなら、なぜ俺に向かってこなかったんだ」

手すりから離れ、再び椿の花の下のベンチに座った。そして、頭を抱え込み目を閉じた。

「分からない。これが俺の人生なのか、なぜここに来たのか、俺はもうだめなのか、どうすりゃいいんだ」

目の前に広がる大海原でひとり小さなボートで櫂をこいでいる自分の姿が脳裏に浮かんだ。突如風が吹いてきて、握っていた櫂を大波にさらわれてしまった。櫂を無くして大海原で孤立し絶望する年老いた自分が見える。近くに見えていた岬がだんだんと遠ざかってゆく。

その時だ。椿の花の甘い香りがむせるように漂ってきた。

目を開くと、あたり一面に赤や黄、白の椿の花びらが舞っていた。

そして、一人の男が目の前に立っていた。

茫然とその男を見つめる長峰に男が言った。

「長峰元次長だね」

「ああ、でも何で俺の名前を?」

長峰は小声で言った。

「千尋からだ」

「千尋？　もしかして営業部のか」

「ああ、あいつは、被害者意識に苛まれて八つ当たりし、遺書にあんたの悪口を書いたんだが、最後は反省していた。本当は自分が動かなかったからだってね。だから、彼からの伝言を伝える。会社に戻れ」

「会社を辞めてもう三年になるんだ。今さら戻れないさ」

「大丈夫だ、これをやる。これで、風呂に入って今までの汚れを落とし、散髪もしろ。そして、新しいスーツとシャツ、ネクタイ、下着に靴と靴下をつけて五日後の月曜日にピシッと出社しろ」

そういって男は、長峰に黒い財布を渡した。長峰は渡されるままに財布を受け取った。財布はずしりと重い。真新しいお札がびっしりと詰まっているようだった。

海から吹く風が再び椿の花びらを舞いあげた。

「卯月の風は、生死の間を吹く風なんだ。あんたは生のほうに戻るんだ、皆待ってるぞ」

そう言うと男は、ゆっくりと後ずさりし、手すりのところまで来て体をくるっと反転させ、手すりの上にすっくと立った。そして、後ろ手に手を振るとそのまま飛び降りた。

「お、おい」

驚いた長峰はベンチから腰を上げ、急いで手すりのところに走りより、下を見た。下には誰もいない。白い波が黒い岩の上で砕けているだけだった。そして、波の上にも赤、白、黄色の花びらが降り注いでいた。そこで長い間茫然と立ち尽くしていた長峰だったが、やがてそこを離れ、岬の散歩道を降りていった。

小一時間して、手すりの下から手が伸びてきた。そして、手すりを乗り越えて男が散歩道に降り立った。千尋だった。

「怜人さんに感謝しないとね。崖の下にこんな足場がつくられていたなんて」

そう言いながら岬のほうに歩いて行った。

長峰次長は、おそらく驚くに違いない。月曜日に出社した時には、会社の入り口で幹部社員全員が彼を出迎えるだろう。新社長の初出勤だ。既に、千尋のかつて勤めていた会社は、業績不振で傾き始めていた。企業買収する時期が到来していたのだ。千尋は別の会社を通じて一気に買収した。そして長峰の仕事のパワーに敬意を払い、千尋は、彼を新社長に据えることにしたのだった。落ちるところまで落ちて、辛苦をなめた人間は、失うものはもう何もない、真に強い人間なのだから。

「迷い風は誰にでも吹くもんだな、特に卯月の頃は」

千尋は、岬の上でホバリングするヘリに合図した。ヘリは、岬の上にある広い野っぱらに降りた。物凄い風だ。

「名誉会長！」

ヘリの中から手が出て千尋を中に引き入れた。

そして、ヘリは浮上し岬を離れた。ヘリの巻き起こす風で、椿の花びらは並木道の上に雨の様にいつまでも降り注いでいた。

完

著者プロフィール

渡邉《わたなべ》 尚人《なおひと》

高知県生まれ。

東京外国語大学西語科卒。

外務省入省。現在、在ウルグアイ日本国大使館参事官。

ニカラグア言語アカデミー海外会員。

著書にルベン・ダリオ『青…—アスール—』(文芸社)、アンドレス・オッペンハイマー『米州救出』(時事通信出版局)(邦訳)、『ロスト・ファミリー』、『鰐の散歩道』、『おばあちゃんの銀塩寫眞』(日本文学館)等。

岬—迷風の吹く時

2013年7月1日　初版第1刷発行

● 著　者　渡邉 尚人
● 発行者　米本 守
● 発行所　株式会社日本文学館
〒160-0022
東京都新宿区新宿5-3-15
電話 03-4560-9700(販) Fax 03-4560-9701
E-mail order@nihonbungakukan.co.jp

● 印刷所　株式会社平河工業社

ISBN978-4-7765-3595-9